Nounette

L'ENVOL

DE LA MÊME AUTRICE

Mémé dans les orties, Michel Lafon, 2015 ; LGF, 2016.

Nos adorables belles-filles, Michel Lafon, 2016 ; rebaptisé *En voiture Simone*, LGF, 2017.

Minute, papillon, Fayard, 2017 ; LGF, 2018.

Au petit bonheur la chance, Fayard, 2018 ; LGF, 2019.

La Cerise sur le gâteau, Fayard, 2019 ; LGF, 2020.

Né sous une bonne étoile, Fayard, 2020 ; LGF, 2021.

Le Tourbillon de la vie, Fayard, 2021 ; LGF, 2022.

La Ritournelle, Fayard, 2022 ; LGF, 2023.

Aurélie Valognes

L'envol

roman

Fayard

Couverture : © Augustin Manaranche
Photographie d'Aurélie Valognes :
© Philippe Matsas/Leextra

ISBN : 9782213720555

PROLOGUE

Lili

Quand je pense à ma mère, j'ai envie de pleurer. Sa vie aura été un grand gâchis. Un gâchis d'amour. Elle aurait pu avoir une famille normale, une famille comme les autres, mais non, elle m'a eue, moi. Parfois je me dis que cela aurait été mieux pour tout le monde qu'elle ne soit jamais ma mère.

PREMIÈRE PARTIE

CHAPITRE 1

Gabrielle

« Il est où le papa de Lili ? »

Cette question, je ne l'attendais pas. Du moins pas si tôt. Elle a toujours été étonnante, ma fille.

Je n'ai pas su quoi répondre, même si au fond je savais que je ne pourrais jamais lui mentir. À 2 ans et demi comme à 30. Entre nous, c'était la vérité, rien que la vérité. Même si elle faisait mal, même si on ne pouvait pas l'expliquer.

Alors, je l'ai regardée droit dans les yeux et je lui ai dit : « Papa est parti. »

Lili

« C'est quoi un papa ? » a demandé, un jour, mon enseignante de maternelle.

Au début, j'ai cru qu'elle plaisantait. Elle en voyait tous les matins, des papas. Et puis, elle aurait dû le savoir : les maîtresses savent tout.

Mes camarades de classe essayaient de répondre mais, bizarrement, aucun ne disait la même chose. Quand mon tour est venu, j'ai senti dans les yeux de la maîtresse qu'elle voulait de l'aide, alors j'ai dit : « Un papa, c'est quelqu'un qui n'est jamais là. C'est un peu comme l'homme invisible, je crois. »

Gabrielle

Quand je lui ai dit « Papa est parti », je me souviens, Lili était assise par terre en train de dessiner – c'était sa place préférée, alors que la table était juste à côté –, et elle s'est levée d'un bond. Elle a commencé à ouvrir toutes les portes, tous les placards, à tourner en rond comme un rat de laboratoire, puis elle a enlevé ses chaussons mauves, mis ses chaussures et a ouvert la porte de notre appartement.

Je me souviendrai toujours lui avoir demandé : « Mais qu'est-ce que tu fais, Lili ? » Et de sa réponse : « Bah, je cherche Papa ! »

L'envol

Lili

Mon père ne m'a pas reconnue. Quand j'étais petite, je pensais que cela voulait dire que je ne lui ressemblais pas. Pourtant, je ne ressemble pas beaucoup à Maman, alors je dois bien lui ressembler un peu. Ressembler à quelqu'un.

Gabrielle

C'était si évident. Puisqu'il était parti, il suffisait de le chercher.

Lili

Je ne l'ai jamais vu, pas même en photo. Il est parti quand j'avais trois mois. Trois mois dans le ventre de ma mère.

Il en faut du courage pour abandonner sa famille à trois mois.

Gabrielle

Avec le père de Lili, disons que ça n'a pas marché. Il est parti, et moi je suis restée avec le plus beau des cadeaux.

L'envol

Lili

« *Quand j'ai eu Lili...* »

Ma mère parle de moi comme d'un colis qu'elle aurait reçu par erreur. Elle a encore l'air étonnée de cette surprise que lui a réservée la vie.

Gabrielle

Je me suis posé beaucoup de questions. Pas tant est-ce que je dois garder l'enfant ou est-ce le bon moment, mais n'est-ce pas égoïste ? Et s'il m'arrivait quoi que ce soit, que lui arriverait-il à elle ?

Lili

Il n'y a pas eu de papa à la préparation à l'accouchement, pas de papa aux échographies, pas de papa quand Maman a perdu les eaux, pas de papa pour la conduire d'urgence à la maternité, pas de papa pour tenir la main de la future mère, pas de papa non plus pour couper le cordon.

Alors, ce cordon, il est toujours là.

CHAPITRE 2

Gabrielle

La première nuit a été horrible. Ils me l'ont prise, enlevée et l'ont mise dans une couveuse, branchée à tout un tas de tuyaux. Je voyais son minuscule torse se soulever, et moi, derrière la vitre, je pleurais. Premier jour, premier échec.

Lili

J'étais arrivée en avance. Pressée, je crois, de commencer à vivre, et surtout de rencontrer ma mère.

Gabrielle

Trop petite, trop maigre, trop fragile. Parce que trop tôt. Je n'avais pas su la retenir, la protéger. J'aurais dû tenir un mois encore. La garder au chaud dans mon ventre.

L'envol

Une machine la raccrochait à la vie. Une machine prenait le relais là où moi j'avais échoué.

Toute la nuit, je suis restée derrière la vitre, à prier, espérer, attendre. Et à ce moment précis, j'ai su que ma vie avait changé à jamais. J'étais devenue vulnérable.

Lili

Ma mère a toujours été angoissée. Pour tout, pour rien. Je ne sais pas pourquoi, cela doit être dans sa nature. Moi, je lui dis qu'à force elle va se déclencher quelque chose. À ne pas dormir la nuit, à faire des listes de tout – « ne pas oublier de rappeler l'hôpital Necker pour la visite de contrôle dans six mois », « ne pas oublier de confirmer la colonie de vacances en juillet », « ne pas oublier de prendre rendez-vous pour la prévisite de la voiture avant le contrôle technique », « ne pas oublier d'acheter du pain de mie pour les croque-monsieur de Lili… ».

Avec ma mère, c'étaient « les corvées d'abord, les plaisirs après ». Et son plus grand plaisir, c'était de rayer les choses de sa liste.

L'ennui, c'est que tous les jours, il y en avait de nouvelles. Alors, je n'ai jamais vu ma mère se reposer, ne pas être débordée. Elle se levait à 6 heures le matin, ne dormait pas la nuit, restait constamment à veiller. Mais à veiller sur quoi ?

Gabrielle

Quand on n'a jamais personne pour prendre le relais, c'est un poids, une pression, une responsabilité permanente que de devoir penser à tout, tout le temps.

Au moindre faux pas, on se sent deux fois plus défaillant que n'importe quel parent. On est jugé, scruté.

Si elle est mal élevée, si elle a des mauvaises notes à l'école, si elle est impertinente, si elle est malade, si… ce sera forcément *ma* faute, forcément la conséquence de mon choix de vie.

Alors oui, je ne dors pas la nuit. Je réfléchis, j'anticipe, je me prépare au pire, à toutes les éventualités. À toutes, vraiment : « Et s'il m'arrivait quoi que ce soit ? Et si je me cassais la jambe ? Et si je perdais mon travail ? Et si je tombais malade ? Et si… »

À toutes, sauf une. Celle qu'aucun parent ne pourra jamais concevoir.

L'envol

Lili

Personne ne pourra jamais me séparer de ma mère. Ce cordon, que nul n'a coupé, nous relie encore.

Gabrielle

La première fois que j'ai pu la prendre dans mes bras, Lili a planté ses yeux dans les miens et, à ce moment-là, les amours, les douleurs, le travail, tout pouvait disparaître. Mais ma fille, non. Lili venait de s'installer au centre de mon univers.

Ma vie ne valait plus rien sans elle. J'étais prête à la lui sacrifier. Mais je sus, à cet instant, que je ne pourrais jamais rien faire pour l'empêcher de souffrir ou de mourir. J'avais eu un pouvoir qui m'avait dépassée : je lui avais donné la vie et la mort. En même temps.

CHAPITRE 3

Gabrielle

Je me souviendrai toujours de cet été-là. On était en camping. *Écoute s'il pleut*, qu'il s'appelait, le camping. C'est vrai qu'il n'était pas cher !

On nous avait prêté une tente canadienne, orange et bleue, qui s'est révélée être un véritable casse-tête à monter. Avant de partir, Lili m'avait pourtant dit : « Pourquoi on n'en achète pas une neuve ? Ce sera la nôtre pour des années ! » Le camping, c'était vraiment ses vacances préférées. Moi, j'avais dit : « Non, non, quand on a la chance d'avoir quelqu'un qui veut bien nous en prêter une… Et puis, j'ai fait du camping toute mon enfance, Lili, je sais faire, je me souviens ! » Mais je ne me souvenais plus que c'était mon père qui donnait les instructions et ma mère qui était en sueur, pendant que moi je tenais le mât et qu'ils continuaient à se disputer. Finalement, on n'est plus jamais partis en vacances ensemble avec mes parents, et je n'étais en fin de compte pas si experte que ça avec les arceaux et les sardines.

Je me souviens très bien de cet été-là avec Lili, parce que c'était l'année où elle a appris à nager.

Pendant la semaine, elle s'était baignée avec sa ceinture de bouées. Jour après jour, je lui en enlevais une, sans qu'elle comprenne. De toute façon, elle les trouvait inutiles et gênantes.

Et là, le dernier jour, elle n'osait pas y aller. Elle était sur un rocher et elle avait peur de sauter, pourtant il n'était pas très haut ou peut-être que si, après tout, qu'à sa hauteur d'enfant, c'était impressionnant. Bref… Elle a crié : « Maman, j'ai peur ! » et je lui ai répondu : « Vas-y, fais-moi confiance ! » Et elle a sauté. Avec sa ceinture, mais sans aucune bouée. Et elle a nagé !

En revenant vers moi dans l'eau, elle s'est accrochée à mon cou, enroulant ses jambes autour de ma taille comme un koala, et m'a dit : « T'as vu ? Hein, Maman, t'as vu ! Toute seule ! » Elle devenait grande. Et moi, j'étais fière d'elle. De ce qu'elle pouvait accomplir. Et elle répétait : « Toute seule ».

L'envol

Lili

J'ai toujours aimé camper. J'avais l'impression d'être Robinson Crusoé. Avec quatre clous, des bouts de ficelle et du bois, on arrivait à dormir, à manger, et c'était la belle vie. Nous nous débrouillions bien avec Maman. Nous étions deux et nous étions heureuses. Je l'aidais à assembler les armatures de la tente, à tenir le mât pendant qu'elle s'occupait des côtés, à tirer sur le pan de la toile alors qu'elle enfonçait les sardines. C'était la liberté !

Et toute la journée, c'étaient baignades et sauts. Qu'il pleuve ou qu'il vente. Je m'élançais du rocher, je montais toujours plus haut, plongeais toujours plus loin. Ma mère était immanquablement là pour me réceptionner, mais c'était vraiment mes exploits à moi. Toute seule. Je n'ai jamais eu peur, je crois.

D'ailleurs, mon premier mot a été « Toute seule ! ». Je n'avais pas 2 ans que je mangeais sans aide avec ma petite cuillère : on m'avait appris à bien racler le yaourt sur le bord pour ne pas faire de taches. Il y a des choses comme manger seule ou tenir un livre dans le bon sens qui sont venues, comme ça, sans que j'aie à les apprendre ; et d'autres, pour lesquelles j'ai dû m'entraîner en cachette.

Gabrielle

Je ne sais pas pourquoi ma fille a toujours été si secrète. À faire des choses dans son coin, dans sa chambre, la porte fermée. Jamais rien de grave, mais elle a toujours cultivé une part de mystère. Je n'ai jamais su exactement ce qu'elle faisait…

Lili

Je crois que cela ne se fait pas dans notre famille de montrer qu'on échoue, qu'on rate, qu'on n'est pas à la hauteur, qu'on doute ou qu'on ne sait pas… Alors on fait semblant. Semblant d'être fort. Et on ne demande jamais d'aide. On se débrouille. Tout seul. Surtout Maman.

Je ne sais pas pourquoi elle est comme cela, pourquoi moi aussi je fais ça… Peut-être que je ne voulais pas décevoir ma mère, me montrer imparfaite, incapable de réussir. C'était déjà assez dur pour elle de tout anticiper, il ne fallait pas en plus qu'elle ait des soucis à cause de moi.

Je n'avais pas le droit de poser des questions, je devais être celle qui apportait les réponses. Je ne devais pas non plus être celle qui posait problème, mais celle qui apportait les solutions. On ne demande pas d'aide, on la propose. C'était mon rôle. C'était comme ça.

Alors, je souriais, je surjouais le « tout va bien » et cela a marché longtemps. Dans notre duo, elle était l'éternelle pessimiste. Je devais donc être l'incorrigible optimiste.

CHAPITRE 4

Lili

Demandez à n'importe quel être humain, il voudra être normal. On veut tous être normal. Avoir une famille comme tout le monde, avec deux parents et des frères et sœurs.

Gabrielle

Son père, je ne l'ai jamais revu, ni recontacté. C'était mieux pour tout le monde, je crois. Il ne nous manquait pas. Je comprends que ma fille se soit posé des questions. Les autres enfants avaient un père, présent dans leur vie. Pas elle. Mais Lili a été désirée : elle a été voulue et aimée avant même qu'elle vienne au monde.

Après, si j'avais dû imaginer la suite, choisir les choses, tout aurait été différent, mais ce n'est la faute de personne.

L'envol

Lili

Je sais que ma mère aurait voulu plein d'enfants, et moi j'aurais adoré avoir une grande fratrie. Mais elle n'a jamais repris quelqu'un. Pas vraiment. Enfin, je dis « repris », on dirait que je parle d'un lapin nain.

C'était un choix. Son choix. C'est un peu ma faute, je suppose. Elle m'a fait passer en priorité, elle a voulu me protéger.

Gabrielle

À un moment, Lili a essayé de me marier avec tous les hommes qu'elle croisait : le facteur, le pédiatre, les papas de l'école. Elle devait avoir 3 ou 4 ans. Ça a duré assez longtemps comme ça, à me réclamer des frères, des sœurs, pas vraiment un papa, d'ailleurs. Et puis, un jour, vers 10 ans, elle a cessé. Je pense qu'elle s'est rendu compte qu'elle n'en voulait pas, de ce papa qui lui volerait ce qu'elle avait de plus cher.

Mais elle avait quand même envie de compagnie, d'avoir quelqu'un avec qui partager ses peines, ses secrets, d'avoir quelqu'un d'autre à qui parler. Alors on a pris Tanguy. Mais il n'est pas resté très longtemps avec nous.

Lili

À la mort de Tanguy, j'avais préparé une petite boîte à chaussures, avec le foin qu'il aimait bien, des fanes de carotte aussi, et puis nous sommes allées dans le jardin public, à côté de chez nous, et nous l'avons enterré là. Souvent, je repassais lui faire des petites visites, lui raconter ma vie : les disputes de l'école, ma meilleure amie qui n'était plus mon amie, nos réconciliations. Il m'écoutait toujours sagement, parfois il me posait des questions. « Est-ce que vous avez mangé des croque-monsieur cette semaine ? Y avait encore la ficelle ? Est-ce que tu pourras m'apporter quelques miettes la prochaine fois ? Et comment va ta maman ? Passe-t-elle beaucoup de temps au téléphone ces temps-ci ? » D'ailleurs, c'est la curiosité et la gourmandise qui l'ont tué – cela peut vraiment être des vilains défauts. Moi, je ne pose jamais les questions qui fâchent. Et puis, il y a des choses qui ne se demandent pas. Sinon cela mettrait Maman dans l'embarras.

Gabrielle

Après, on a eu Hector, Athéna, Kheops, Monsieur Propre, Jean-Luc, Simone, Marcel. Tout un tas d'animaux différents : des lapins nains, des hamsters, des tortues, des perruches. Plutôt des mâles. Je ne sais pas si on a fait exprès. Peut-être, pour rééquilibrer ? En tout cas, ils n'ont pas fait long feu non plus.

Lili

Pour compenser, je me suis créé des frères et sœurs de papier, grandeur nature. Comme j'adorais dessiner, j'avais scotché des feuilles entre elles, et je les avais accrochées sur le mur de ma chambre. Puis, je m'asseyais par terre pour jouer avec eux. J'avais décidé que je serais la sœur aînée de trois frères et de deux sœurs.

Il y avait Mochi, très fort à tous les jeux de société, aux échecs surtout, mais mauvais perdant, alors je ne jouais jamais longtemps avec lui. Ensuite, Numi, il adorait les animaux, il était incollable, il connaissait tout sur tout, leur poids, leur longévité, leur taille. Il m'apprenait plein de choses. Mon troisième frère, c'était le clown de service. Avec lui, c'était blague sur blague, et quand je me sentais trop seule c'était avec lui que je discutais. Mais il est mort, un jeudi, alors que je rentrais de l'école. Je continue de lui parler souvent. Les morts ne sont pas absents, ils sont juste invisibles.

Parfois, avec mes frères et sœurs, je devenais chef d'orchestre. Chacun avait son instrument et moi j'imposais le rythme. Ils n'avaient pas tous l'oreille musicale, mais nous tenions bien *Les Quatre Saisons* de Vivaldi. Surtout « L'Automne ».

J'ai toujours aimé décider, conduire, diriger. Et heureusement, pendant longtemps, ma mère m'a laissée faire.

CHAPITRE 5

Gabrielle

Je n'ai jamais souhaité refaire ma vie. D'ailleurs, je ne comprends pas cette expression : ma vie n'était pas à refaire, mais à continuer. Il est parti, tant pis pour lui. Il fallait avancer. C'est dur pour un parent célibataire de faire de la place à un autre, d'arrêter de se protéger. De nous protéger. Mais, si j'ai renoncé à des choses, ça n'a jamais été pour Lili. C'était pour moi.

Alors, oui, l'amour, j'ai tiré un trait dessus très tôt, et ce n'était pas grave. Il fallait désormais que je fasse attention. Je ne pouvais pas revivre un tel abandon. Je n'étais plus seule, j'avais ma fille : on ne pouvait pas être deux à en souffrir.

Et puis je n'aurais pas pu faire de compromis pour quelqu'un d'autre qu'elle.

L'envol

Lili

Une fois, une fois seulement, ma mère a eu un amoureux. Cela a duré encore moins longtemps qu'avec Tanguy. Je ne pourrais même pas le qualifier de « beau-père », parce qu'il ne nous en a pas laissé le temps. Il a fui très vite, de lui-même. Je ne me souviens plus trop pourquoi…

Durant cette courte période, c'était comme s'il avait voulu remplacer mon père, alors que je n'en avais pas besoin et que je ne lui avais rien demandé. Je n'ai jamais souffert d'un manque de père. Comment pourrait-on manquer de quelque chose qu'on n'a jamais connu ?

Non, ce qui me chagrinait le plus avec cet inconnu qui s'invitait dans nos vies, c'était que ma mère avait moins de temps pour moi. Elle était souvent avec lui, et moi je restais souvent seule. Une fois, j'ai même mangé avant eux le soir, parce qu'ils avaient prévu un dîner en amoureux ; une autre fois, j'ai dû me coucher tôt, alors que c'était le week-end, tout ça parce qu'ils voulaient regarder un film qui n'était pas de mon âge. Avec Maman, nous regardions ensemble des dessins animés – *Princesse Sarah*, *Cathy la petite fermière* … – et nous pleurions quand c'était trop triste. À cause de lui, nous changions toutes nos habitudes, et tout m'excluait. Je n'étais pas abandonnée, mais j'avais l'impression d'être de trop. De perdre ma place. De ne plus être importante. Ni aimée. Moi qui avais l'habitude d'avoir ma mère pour moi toute seule, là, d'un coup, cela m'a fait bizarre…

Gabrielle

C'est vrai, maintenant, je me souviens… Une fois, j'ai présenté un compagnon à Lili. Mais ça n'a pas marché. Entre lui et moi, si. C'est entre eux que ça n'a pas marché.

Lili a été très dure avec lui. Elle avait 8 ans, 9 ans peut-être, et elle lui balançait des horreurs à la figure. Des « T'es pas mon père ! De quoi tu te mêles ? ». Très protectrice. Je lui appartenais. Pour elle, je cassais notre duo. Et elle le prenait personnellement, comme si elle ne me suffisait pas, comme si elle avait échoué à me rendre heureuse.

Je me souviens, la première nuit où il a voulu dormir à la maison, elle lui a même dit : « Viens, tu vas dormir dans ma chambre ! Les filles d'un côté, et les garçons de l'autre. » Ça lui a fait bizarre, à l'amoureux !

Après, si elle ne l'avait pas fait fuir, il n'aurait pas fait long feu non plus. Il n'avait qu'une obsession : me faire un enfant. Et moi, j'avais déjà Lili.

L'envol

Lili

Après cette drôle de tentative, notre vie a été un long fleuve tranquille. Il faut croire que ma mère n'a jamais eu l'âme amoureuse. Pourtant elle est jolie, Maman. Elle est grande, a de beaux yeux verts, la peau douce, et qu'est-ce qu'elle sent bon…

Ma mère est belle, mais elle ne le sait pas.

Gabrielle

Je n'ai pas manqué d'amour. Avec ma fille, jamais. Ce qu'il y a entre un parent et son enfant, c'est la plus belle des histoires. Pourquoi chercher ailleurs une relation qui puisse se finir, quand on connaît déjà l'amour inconditionnel et infini ?

CHAPITRE 6

Gabrielle

Je me suis toujours adressée à elle comme à une adulte. Je ne suis pas certaine qu'un homme aurait approuvé la relation que j'entretenais avec ma fille. Ça tombe bien, je n'ai demandé l'autorisation à personne. Je n'ai jamais pu lui parler comme à un enfant. Elle ne l'aurait sûrement pas accepté de toute façon.

Avec ses grands yeux scrutateurs et ses silences qui en disent long, ma fille m'a toujours impressionnée. Très vite, je me suis rendu compte qu'elle était différente. Alors qu'elle était encore nourrisson, elle suivait du regard tout ce que je faisais. Elle semblait comprendre. Avec elle, rien n'était jamais banal.

Lili

Il n'a jamais été question d'âge entre nous. Je ne me suis jamais sentie enfant ou inférieure. Ma mère m'a toujours parlé comme si j'étais son égale. Nous prenions les décisions ensemble : mon avis, mes envies avaient toujours de l'importance.

J'ai sûrement grandi plus vite que les autres, mais, dans le fond, c'était pour le mieux.

Gabrielle

Parfois, je l'emmenais au travail. Si elle n'était pas toujours à l'aise avec les enfants de son âge, avec mes « petits vieux », au contraire, Lili était très curieuse. Souvent, elle s'asseyait à côté d'eux, leur prenait la main et posait tout un tas de questions : « Mais, toi, tu as eu une amoureuse ? Elle est où maintenant ? Et c'était quoi ton métier avant ? Mais, attends, t'as fait la guerre ?!! Et t'as été blessé ? T'as eu peur ? Bon, on joue maintenant ! Scrabble ou Boogle ? »

Je ne savais pas ce qu'ils pouvaient se raconter comme ça pendant des heures, mais, en tout cas, cela faisait son chemin dans sa petite tête et immanquablement elle revenait vers moi, quelques jours plus tard, avec ses sourcils froncés et une nouvelle interrogation.

« Mais, s'il y avait la guerre demain, et comme on n'a pas de Papa, est-ce toi, Maman, qui devrais aller te battre ? Et moi, s'il n'y a plus personne pour rester auprès de moi, est-ce que je devrai aller à l'orphelinat ? Parce que je te préviens tout de suite, Maman, moi j'irai travailler, parce qu'il nous faudra de l'argent pour trouver notre pain de mie au marché noir. Je pourrais être factrice – je sais lire, faire du vélo et j'ai un bon sens de l'orientation –, je donnerais des lettres aux gens et des informations aux résistants. Mais, moi, je n'apporterais pas les courriers avec les mauvaises nouvelles dedans. Je les déchirerais. Parce que sinon cela fait trop mal au cœur des gens ! »

Honnêtement, je ne me rendais pas compte qu'elle réfléchissait autant. Elle écoutait tout ce qui se passait, tout ce qui se disait autour d'elle. C'était une véritable éponge. Une espionne parfois aussi.

Lili

J'ai toujours épié ma mère. Surtout si elle fermait sa porte pour passer un coup de fil. Cela voulait dire qu'il y avait quelque chose qu'elle voulait que je ne sache pas. Donc, forcément, cela devenait très intrigant pour moi.

Je mettais mon œil à travers le trou de la serrure et je la regardais tortiller le fil du téléphone, chuchoter, soupirer et raccrocher. Parfois, elle restait prostrée. Longtemps. Puis, elle prenait une grande inspiration et revenait vers la porte. Moi, je retournais au plus vite dans ma chambre, et elle me retrouvait assise par terre en train de dessiner ou de lire.

Et chaque fois, elle m'offrait son plus beau sourire, son ton le plus enjoué. Comme si de rien n'était. Comme si, un instant plus tôt, elle n'avait pas été chagrinée.

Gabrielle

Lili était très fine pour sentir ce que je ne lui disais pas ou ce qui n'allait pas.

Discuter avec Lili, c'était quelque chose ! Elle écoutait attentivement, faisait des pauses pour réfléchir, et ensuite, comme une petite philosophe, elle me posait *la* question à laquelle je n'avais jamais pensé. « Mais si la Lune revient tous les vingt-huit jours, pourquoi a-t-on décidé que nos mois seraient de trente ou trente et un jours ? Ce n'est pas logique ! Qui a décidé cela, Maman ? – Alors ça, heu… c'est une excellente question, ma chérie ! On va chercher la réponse, ensemble, si tu veux bien, parce que je n'aimerais pas te dire une bêtise. » Et j'apprenais en même temps qu'elle.

Je ne l'élevais pas, elle m'élevait.

CHAPITRE 7

Lili

Depuis toujours, j'ai trois passions : apprendre, jouer, enfin... plus gagner que jouer, et dessiner.

– Ne bouge pas, Maman.
– Qu'est-ce que tu fais ?
– Je te dessine. Tu es trop jolie !
– C'est parce que tu me vois avec les yeux de l'amour, ma chérie.

Ma mère a toujours été complexée. De tout.

De son corps, de son manque de culture ou d'intelligence. Elle s'est toujours sentie jugée. Pas assez bien pour être au niveau des autres, pour être aimée aussi. Et cela ne vient pas de nulle part...

Pour commencer, son père, mon grand-père, ne voulait pas d'une fille. À la maternité, il l'avait posée sur le comptoir de l'accueil, dans son couffin, et il avait dit : « Je vous la rends. Moi, une pisseuse, j'en veux pas ! »

Puis, à l'école, on l'a moquée : elle était trop grande, ses dents étaient trop longues, ses seins trop gros, ses formes trop girondes. Bref. Rien n'allait.

Mais ce qu'elle a traîné derrière elle comme un boulet, c'était son échec scolaire. En classe, elle n'y arrivait pas ! Pourtant, elle travaillait plus que les autres – ça, pour avoir du mérite, elle en avait –, mais cela ne payait pas. L'école lui a laissé des cicatrices pour la vie entière. Sa vulnérabilité d'enfant, elle la trimballe encore dans son corps d'adulte.

Bizarrement, après tout cela, elle aurait pu vivre dans la peur de l'abandon, du rejet, ou de l'échec. Elle a choisi de s'en ficher. Elle, son truc, c'était les enfants. Elle voulait se tirer de chez ses parents le plus tôt possible et avoir des enfants. Plein d'enfants.

Mais, par ma faute... c'était raté !

Gabrielle

Je n'ai pas une belle image du couple. Il faut dire que je n'ai pas eu non plus un bon modèle. Mes parents ne s'entendaient pas du tout. Ils ne s'aimaient plus et se disputaient souvent. Ils n'ont jamais divorcé, mais ils auraient mieux fait.

L'envol

Lili

J'ai toujours voulu venger ma mère de ce qu'elle avait vécu. J'avais la sensation que quelque chose n'était pas juste. Mais je ne savais pas quoi à l'époque.

En grandissant, j'ai compris.

Gabrielle

Je viens d'une famille qui boit son salaire, qui dépense l'argent qu'elle n'a pas en jeux à gratter ; une famille qui tape le chien et qui garde la télévision constamment allumée ; une famille qui empeste le tabac froid, l'humidité, la poussière et l'alcool, où il y a toujours une cigarette qui se consume dans une pièce quelque part ; une famille dans laquelle le transistor au-dessus du réfrigérateur hurle l'espoir que le téléphone sonne et que la « valise soit décrochée ». Mais où le téléphone ne sonne jamais.

Alors on attend. Les aides ou un métier qui tomberaient du ciel.

Cette famille, qui ne sort jamais de chez elle, qui ne part jamais en vacances, qui n'a jamais mis les pieds dans une bibliothèque, et dont la seule sortie est au bistrot du coin, pour le petit jaune du matin et la cartouche de gitanes ; cette famille, où on ne parle qu'avec des gros mots ou de l'argot pour se plaindre et pour éructer sa violence contre l'école et les institutions. Une famille qui, comme héritage, laisse des dettes à ses enfants.

Moi, je viens de là. Alors, avec Lili, j'ai fait à ma façon. J'ai surtout fait comme j'ai pu.

Lili

Ma mère a fait sans eux. Nous sommes restées dans notre cocon. Pas de place dans nos cœurs pour donner de l'amour à d'autres. Nous nous suffisions. Ma famille, c'était nous deux.

Gabrielle

Je suis partie de chez mes parents dès que j'ai pu. J'ai enchaîné les petits boulots, ceux dont personne ne voulait. Sauf moi. Moi je savais pourquoi, j'avais une raison, plus forte que tout. Plus jamais ça. Ni pour moi, ni pour mes futurs enfants. Ils méritaient mieux. Pas une vie comme la mienne.

Lili

Dès toute petite, ma mère a essayé de me planter une graine de normalité. De maternité aussi. Elle me disait :

« Imagine, si tu fais des enfants avec David (c'était le fils de sa meilleure amie)... Comme ils seront beaux, vos enfants métis ! »

Mais, moi, je n'avais aucun désir d'enfant, je ne me sentais pas l'âme maternelle, encore moins sacrificielle. J'avais des rêves. Voir le monde, explorer mes propres limites, apprendre encore et toujours, créer, laisser une trace, ne gâcher aucune minute du temps que la vie m'accorderait.

Je voulais grandir. Et au plus vite. Ne surtout pas rester dans la salle d'attente de la vie.

Gabrielle

Contrairement à la plupart des petites filles – et contrairement à moi –, Lili n'a jamais aimé jouer avec ses poupées. Langer, biberonner, baigner, nettoyer, cuisiner. Pour elle, ce n'était pas un jeu, c'était une corvée. Même les petits frères ou les petites sœurs de ses amies ne l'intéressaient pas du tout. Du moins pas pour les materner. Pour les mener à la baguette, ça oui ! Non, vraiment, ce n'était pas pour elle, les enfants.

Sa grande histoire d'amour, à Lili, c'était l'école.

CHAPITRE 8

Gabrielle

Lili a rapidement été prête à aller à l'école. Je me souviens qu'elle avait une telle soif d'apprendre qu'elle dormait avec son cartable sous l'oreiller. Les enfants pouvaient rejoindre la petite section dès 2 ans et demi s'ils étaient nés entre le 1er janvier et le 31 mars. Lili est née le 1er avril.

Alors, elle a attendu.

Lili

Cela a été la première grande injustice de ma vie. À un jour près ! Et ma mère qui n'a rien fait. Elle a été docile et sage, à suivre les règles. Comme toujours. C'était la première fois que l'on me disait « non ». Et je reste persuadée qu'il y avait un moyen.

À se demander si ma mère a vraiment essayé.

L'envol

Gabrielle

J'ai tenté, insisté. Mais à chacun de mes arguments, il y avait une contre-offensive :

« Ce n'est pas possible. » Pourquoi ?

« Personne ne l'a fait. » Et alors ?

« Elle est trop jeune. » Pour *un* jour, il n'y a pas de différence de maturité.

« Les enfants trop jeunes ne sont pas prêts. » Elle, je peux vous le dire, elle est prête ! Prenez-la à l'essai, vous verrez. Elle est même déjà propre !

« Madame, c'est injuste, mais c'est ainsi : il nous faut mettre une date limite et nous y tenir, sinon chaque année on aura des demandes de dérogations à n'en plus finir. Surtout qu'ils pensent tous avoir des petits génies. Je suis là pour gérer les enfants, pas les parents. Désolée. »

J'ai donc dû me plier à la règle du 31 mars. Et, Lili, il a fallu l'occuper.

Lili

Je n'aime pas attendre. Je n'ai jamais aimé. L'impatience est mon plus gros défaut. Et pourtant j'en ai d'autres, des défauts. L'égoïsme arrive très haut.

Attendre est une perte de temps. On perd des jours de vie qu'on ne récupérera jamais. Alors il fallait en faire *quelque chose* de ce repos forcé.

Je me souviens de la première fois où j'ai appris à écrire mon prénom. Je devais avoir 3 ans. J'étais tellement heureuse que je n'avais pas voulu goûter, ni même dîner. J'aurais pu mourir de faim, je m'en fichais. J'écrivais « Lili », « Lili », encore et encore. J'en voulais presque à ma mère de ne pas m'avoir choisi un prénom plus long ou plus compliqué, comme « Apolline », ou « Abracadabra », ou « Anticonstitutionnellement ».

Et le lendemain, j'ai appris à écrire mon deuxième mot. « Maman ».

Gabrielle

Avant, je ne m'étais jamais trop inquiétée : Lili n'avait pas besoin de grand-chose pour rester tranquille. Des feuilles, des crayons, et elle était contente. Mais là, elle tournait en rond à la maison.

On a commencé à beaucoup aller à la bibliothèque municipale. D'abord pour assister aux lectures à voix haute, ensuite pour rapporter des histoires à écouter. Puis elle a fini par emprunter des livres. Elle avait deux cartes, la sienne et la mienne. Huit livres en tout, qu'elle dévorait en quelques jours. Partout où elle allait, elle en avait toujours un sous le bras ; et dès qu'elle avait deux minutes d'attente, elle l'ouvrait. Au supermarché, je la laissais au rayon livres, elle s'asseyait et restait là, à enchaîner les bouquins, pendant tout le temps que duraient mes courses. C'est comme ça qu'elle a commencé à déchiffrer toute seule.

Je me souviens très bien de son premier livre lu. Il avait une couverture verte. C'était *La Famille Souris*. Une histoire très mignonne de souris, dans laquelle il y avait plein de frères et sœurs, et des grands-parents qui vivaient sous le même toit que Papa et Maman. À un moment donné, elle n'empruntait plus que ça. Même la dame de la bibliothèque guettait notre venue et nous accueillait d'un « Lili, cette semaine on a un nouveau livre des petites souris ! ». Elle le mettait de côté juste pour nous. Ça nous a bien occupées !

Lili

J'ai dû attendre mes 3 ans – presque et demi –, pour entrer à l'école. Et un lundi 15 septembre exactement, à 8 h 20 précises, j'ai eu le droit d'intégrer ma classe.

J'étais morte de faim. D'apprendre et de savoir.

CHAPITRE 9

Gabrielle

Je me souviens de son premier jour d'école. C'est quelque chose pour un parent ! Le matin, je l'emmène et, autour d'elle, tous les enfants pleuraient, s'accrochaient aux jupes de leurs mères. Et Lili, elle entre dans la classe, se retourne et me dit : « Au revoir, Maman ! »

Lili

Mme de Redec, la directrice et maîtresse de petite section, avait exigé qu'on achète une blouse. Je me souviens, ma mère lui avait demandé de quelle couleur et Mme de Redec nous avait répondu : « Je ne sais pas encore »... Aussitôt, je m'étais exclamée : « Jaune ! » C'était ma couleur préférée, avec le mauve. Mme de

Redec avait alors conclu : « Dans ce cas, ce sera jaune pour toute la classe. »

À cause de moi, on a eu un tablier jaune en petite section. Et violet, en moyenne section.

Gabrielle

Le premier soir, je suis allée la chercher à la sortie de l'école et je lui ai demandé :

– Tu as appris quoi en classe aujourd'hui ?

Et, avec les yeux brillants, elle a répondu :

– Plein de choses !!!

Lili

J'avais une peur panique de ne pas me réveiller, d'arriver en retard, de rater l'école. Alors, la nuit, je ne dormais pas. Je veillais. Et pour me tenir éveillée, j'avais ma lampe de poche et mes livres.

Gabrielle

Ne pas aller à l'école, pour Lili, c'était une punition. Les mercredis, les week-ends… Même quand elle était malade, cartable sur le dos, elle me disait : « Mais, non, Maman, c'est rien ! 38 degrés, c'est pas 40 ! Je te le dirais si je me sentais mal. »

Je l'embrassais sur le front – mes lèvres comme thermomètre indiscutable –, soupirais, puis la laissais filer.

À l'école, ça marchait bien pour Lili. Elle avait des facilités et prenait tout cela très au sérieux. Quelle chance d'aimer la classe ! Moi qui l'avais détestée et en avais souffert, je m'abstenais bien de le lui rappeler. Je ne lui racontais que des choses positives, sur les cours, les profs, les élèves. Je ne lui mentais pas, mais…

Lili

Très tôt, ma mère a posé un cadre immuable autour de l'école.

Pas question de rater un jour, de contredire les enseignants, de se coucher tard, de sauter le petit déjeuner, d'allumer la télévision le matin, de laisser passer une mauvaise note, ou de tolérer un mauvais comportement. Pas question non plus de traîner le soir entre les bâtiments – pourtant mes camarades de classe, eux, étaient tous là, sans exception.

Pour moi, ces règles étaient rassurantes. Ma mère croyait en l'école et elle avait envie de bien faire. De mettre toutes les chances de mon côté.

D'ailleurs, chez nous, une bonne note n'a jamais constitué un événement. C'était « la moindre des choses » que de donner le maximum. J'avais droit à un « Bravo », à un « C'est bien, ma fille », et elle passait à la suite. On n'allait tout de même pas avertir les voisins !

De toute façon, je n'attendais pas de récompense. J'avais compris que je travaillais pour moi. Pas pour elle. Pas pour lui faire plaisir ou pour avoir la paix. Cet apprentissage-là, je le conserverais toute ma vie. Je serais riche de ça.

Gabrielle

On avait notre petit train-train avec Lili.

Le matin, on écoutait un peu la radio, Chérie FM, Nostalgie, RTL2 pendant qu'elle déjeunait d'un gros bol de chocolat au lait avec des tartines de pain grillé au beurre, et à 7 h 40, on embarquait le poste de radio dans la salle de bains et on se lavait les dents en écoutant notre horoscope. Je ne sais pas comment elle se débrouillait, le sien, Bélier, était toujours super, alors que le mien, Vierge, était constamment nul. Elle a toujours eu de la chance, ma fille.

On avait notre routine, mais il y avait quand même quelques extras.

À Noël, je lui tendais les catalogues de jouets de Cora ou de Leclerc, mais elle ne trouvait jamais rien qui l'intéressait. Je n'ai que de rares exceptions en tête :

un tableau noir pour dessiner d'un côté à la craie et de l'autre au feutre, un clavier pour enfants, un mini-télescope, et plus grande, une guitare. Je lui en avais trouvé une d'occasion. Elle était drôlement contente, Lili. Les voisins, un peu moins.

Et chaque année pour célébrer le passage dans la classe supérieure, Lili avait droit à un cadeau. La première fois, elle a choisi un stylo plume, violet et jaune, et elle l'a gardé jusqu'au lycée, alors qu'il lui faisait les doigts bleus parce qu'il fuyait. Les années suivantes, elle a demandé un livre.

CHAPITRE 10

Lili

J'ai grandi, heureuse, avec mon cartable sur le dos et ma carte de bibliothèque dans la poche.

Gabrielle

Déjà, dans son parc, alors qu'elle ne marchait pas encore, je m'étonnais de voir qu'elle regardait toujours les livres dans le bon sens. Parfois, je poussais un peu le vice, et je les lui tendais à l'envers. Elle les remettait aussitôt à l'endroit. Elle observait avec attention les dessins, de gauche à droite, puis tournait la page. Et quand il n'y avait pas de livres à proximité, elle attrapait le catalogue de La Redoute ou encore le programme télé, et le parcourait avec la même application.

Autour de son lit, ce n'étaient pas les nounours ou les poupées, non, c'étaient les livres. Ça faisait un de ces bruits, la nuit, quand l'un d'eux tombait !

Les livres, c'était toute sa vie. Combien de fois elle a emprunté et lu, sans jamais se lasser, les histoires de *Croc-Blanc*, des *Quatre filles du docteur March*, ou de *Charlie et le grand ascenseur de verre* ?

Si je l'emmenais à la piscine ou au parc, immanquablement elle prenait un livre. Elle ne s'amusait pas avec les autres enfants, elle restait le nez dans ses bouquins. Une fois, des mamans se sont approchées de moi et m'ont demandé : « Oh ! la la, mais qu'est-ce qu'elle est blanche ! Elle est malade ? – Non, non, elle est comme ça, Lili, ai-je répondu, elle oublie de relever la tête. » Et quand j'allais faire des courses et qu'ils la voyaient assise au rayon livres, les gens du quartier me disaient : « Cette gamine, elle va devenir quelqu'un ! »

Moi, je pensais : « Mais elle est déjà quelqu'un. »

Le soir, on lisait toutes les deux dans mon grand lit. Je l'avais abonnée aux livres proposés par l'école, ceux de L'École des loisirs : c'était forcément bien, c'était recommandé par la directrice.

Et puis, quand Lili avait une histoire préférée, il fallait la lire tous les soirs, pendant des jours, voire des semaines. Elle ne se lassait pas. Et malheur à moi si j'essayais d'accélérer ou de sauter certains passages.

Lili

Ma mère a toujours eu une patience et une dévotion impressionnantes. Même si elle était fatiguée, il y avait des rituels sacrés et elle n'y coupait pas.

Gabrielle

Je ne savais pas s'il était permis d'aimer comme ça. Était-ce trop ? Je ne pense pas. Je voulais tellement un enfant ! J'ai toujours été claire de mes choix, de mes priorités. C'était elle, à 1 000 %.

Alors, oui, j'ai refusé des dîners avec des amies, des emplois mieux payés où il fallait travailler le soir et le week-end. Mais ce serait malhonnête de faire porter ce poids sur les épaules de ma fille. Parce que ce qui me rendait heureuse, c'était d'avoir tout ce temps disponible pour le passer avec elle. Et ces décisions, je les reprendrais sans hésiter.

Pour Lili, je ne pourrai jamais parler de « sacrifices ».

L'envol

Lili

La lecture du soir, elle le savait, c'était mon moment préféré de la journée.

Déjà, parce que j'avais le droit de me faufiler dans son grand lit moelleux. Ma mère a toujours refusé qu'on dorme ensemble, alors que je suis sûre que cela lui aurait fait plaisir, au moins autant qu'à moi. La seule exception était, bien sûr, lorsque j'étais malade et qu'elle tenait mon front au-dessus de la bassine toute la nuit, là, oui, je pouvais rester dans son lit.

J'adorais sa grosse couette si lourde et les énormes oreillers dans lesquels je me laissais retomber. Mais ce que je préférais, c'était la hauteur hallucinante de son lit. Son matelas m'arrivait au cou ! J'avais l'impression d'escalader l'Everest ! Et une fois là-haut, je la méritais vraiment, mon histoire du soir.

CHAPITRE 11

Lili

Dans la cour de récréation, je préférais rester à part, près de la maîtresse, mais elle me renvoyait toujours vers les autres élèves. Alors je m'éloignais un peu et restais dans mon coin, gardant pour moi mes réflexions, mes idées, mes pensées. Jusqu'à ce que sonne la fin de la journée.

Gabrielle

Lili a toujours été bavarde. Une vraie pipelette ! Quand elle rentrait de l'école, je ne me souviens plus de ce qu'elle me racontait, mais elle me suivait partout dans l'appartement, et parfois, jusqu'à la porte des toilettes !

Ensuite, elle restait avec moi dans la cuisine, à finir ses devoirs ou à m'aider à préparer le dîner, et elle était repartie avec ses interminables questions sur la Lune ou sur la guerre – toujours assise dans la même position, un genou relevé, accoudée à la table, le menton dans une main.

Quand enfin on avait fini les corvées, on jouait. Petits Chevaux, Mille Bornes… Ça, c'est sûr, elle savait calculer : additionner les dés ou les 75 et les 50 pour aller jusqu'à mille. Déjà, à 2 ans, elle comptait les 16 gouttes que je devais prendre comme médicament pour ma thyroïde. Et je la testais : « Il y a quoi après 12 ? Et avant 15 ? Et tu sais compter à rebours ? »

Mais son jeu préféré, c'était le Scrabble. Elle adorait y jouer, moi beaucoup moins. Déjà, elle gagnait tout le temps. Et puis, alors qu'elle n'avait pas besoin de ça, elle inventait des mots qui n'existaient pas. Pyroxine, Anxiolys… Bizarrement toujours pour recaser plusieurs lettres à 10 points ! Lili n'était pas mauvaise joueuse ou mauvaise perdante, mais elle jouait pour la gagne. Je n'ai pas été longtemps en tête avec elle. Ni mes petits vieux, qui ont fini par râler parce qu'elle ne leur laissait aucune chance !

Le jour où on a eu un dictionnaire, Lili a moins fait la maligne.

L'envol

Lili

C'est pour mon passage en CE2 que j'avais demandé un dictionnaire.

Ma mère avait aussitôt rétorqué :

– Tu ne veux pas un vrai livre, plutôt ?

– Mais, *c'est* un vrai livre, Maman…

Gabrielle

Dans les rayons du supermarché, il n'y avait pas beaucoup de choix : soit des dictionnaires 6-9 ans – et pour Lili, 8 ans, c'était hors de question –, soit c'étaient des éditions pour adultes, celles du Larousse ou du Robert.

« Larousse ! », avait-elle crié, sans hésiter.

C'était forcément mieux : c'était celui qu'ils offraient à *Questions pour un champion.*

CHAPITRE 12

Gabrielle

Parfois, quand je rentrais plus tard à la maison, je la retrouvais devant la télévision. Toujours la même chaîne. Je partais de chez mes petits vieux, ils étaient devant la 3, et j'arrivais chez moi, Lili était devant aussi. Quelle tristesse !

Dès la musique du générique, elle chantait en chœur. Elle était à fond. Elle répondait le plus vite possible, elle invectivait les candidats qui ne savaient pas, elle se reprochait de ne pas avoir retrouvé une réponse dont elle aurait dû se souvenir. Bref, elle jouait sa vie.

Je m'asseyais à côté d'elle, mais je n'écoutais pas vraiment. Je triais le linge, chacune pliait le sien, et moi j'allais le ranger. Lili a tenté à plusieurs reprises de me faire trouver les réponses, mais elle voyait bien que ce n'était pas ma tasse de thé. Combien de fois ai-je essayé de placer la seule réponse que je connaissais et qui, je ne sais pourquoi, ne tombait jamais ?

Lili

Ma mère et moi ne regardions pas la télévision ensemble. Nous n'aimions pas les mêmes programmes.

Son truc, c'étaient les séries, souvent à l'eau de rose, parfois policières. Le soir, elle s'endormait devant, mais cela n'avait pas l'air de l'empêcher de suivre l'intrigue. Je n'ai jamais pu rester assise à côté sans m'ennuyer. Je ne sais pas très bien ce qui lui plaisait tant, mais elle avait l'air heureuse, excitée aussi à l'idée de regarder l'épisode qu'elle avait coché sur son magazine.

Il n'y avait qu'au cinéma que nous avions à peu près les mêmes goûts.

Gabrielle

Le mercredi après-midi, on allait parfois voir un film. J'avais des contremarques, à moitié prix, et Lili avait droit à son tarif enfant. C'était notre petit moment hors de la maison – en dehors de nos cent cinquante-trois sorties hebdomadaires à la bibliothèque. Ce qu'on préférait, c'étaient les comédies.

Lili

J'étais heureuse d'aller voir des films avec ma mère. Je ne savais jamais ce que cela allait être. Elle me faisait la surprise. C'étaient chaque fois des films populaires, ceux qui caracolaient en tête du box-office.

Gabrielle

Plus jeune, mes parents m'ont fait voir des films qui m'ont dégoûtée de la nature humaine. *Elephant Man, King Kong*… Qu'est-ce qu'ils avaient dans le crâne pour me laisser seule devant ça ? Autant de films que j'épargnerai à Lili. Pas besoin de lui montrer l'autre facette de la vraie vie. Ça lui tomberait dessus bien assez tôt.

CHAPITRE 13

Lili

En attendant que ma mère rentre du travail, je mettais la table – toujours avec mon assiette mauve à bord blanc que j'aimais tant, qui était tout ébréchée mais que je ne voulais pas jeter –, et cela la faisait venir. Parfois, je préparais le dîner : rien de très compliqué, des surgelés à réchauffer au micro-ondes, des tartines ou des salades tomates – concombre.

Je ne me souviens plus si j'étais effrayée à l'idée que ma mère ne rentre pas. Ai-je un jour déjà guetté derrière l'œilleton ? Je n'ai pas ce genre de souvenirs. Je n'éprouvais pas l'angoisse de l'abandon. De ce qui se passerait si ma mère, un jour, ne rentrait plus. Non, ma mère a toujours été là.

Gabrielle

J'étais hyper ponctuelle. Jamais un pépin sans la prévenir. Déjà, ce n'est pas dans mon caractère, mais surtout cela aurait pu avoir des conséquences plus lourdes pour elle que pour n'importe quel enfant.

C'est sûr que, comme ça – à terminer à 17 heures, à ne pas travailler le mercredi –, je ne gagnais pas des mille et des cents. Mais on n'était pas malheureuses.

Lili

Quand elle rentrait, elle filait prendre sa douche et se démaquillait. J'ai le souvenir qu'elle avait des boules de coton de couleur, dans un récipient transparent, et que j'essayais toujours de deviner laquelle elle allait prendre en premier. Comme si celle choisie pouvait refléter son humeur du jour. Mais ma mère était toujours d'humeur égale, parfois plus fatiguée, mais toujours contente. Sa grande phrase était : « On ne va pas se plaindre, quand même, il y a plus malheureux que nous… »

CHAPITRE 14

Lili

Nous pouvions toujours compter l'une sur l'autre. J'avais confiance en elle, et elle en moi. Nous n'étions pas seules, vu que nous étions ensemble.

Gabrielle

On formait un duo complémentaire. On répartissait les rôles en fonction de nos envies et de ce que l'on aimait faire. Notre truc à nous, c'était la collaboration : on faisait toujours moitié-moitié. En équipe.

Assises par terre toutes les deux, l'une dessinait, l'autre coloriait. Puis ça s'est inversé. Pour les tâches ménagères, j'avais, selon elle, « une passion » pour les corvées, elle pour les plaisirs. Par contre ça, ça ne s'est jamais inversé.

Au supermarché, c'est elle qui me disait quel produit prendre, lequel était le plus avantageux au kilo, parce que avec les promotions, les lots, ça ne coïncidait pas toujours, et parfois je ne comprenais plus rien du tout. J'y arrivais, bien sûr, mais avec Lili ça allait dix fois plus vite.

Le week-end, je faisais des sandwiches – saucisson-cornichons avec plein de beurre –, on prenait la voiture et on partait à l'aventure.

Ma fille, elle n'a pas vu le château, mais elle a vu Versailles ; elle n'a pas vu *La Joconde*, mais elle a vu l'escalier à double hélice ; elle n'a pas vu tous les monuments français, mais la plupart des lieux emblématiques à travers France Miniatures. Même si on n'avait pas de grands moyens, j'avais des idées. Et mon but était de nourrir sa curiosité.

Quand on faisait de la route, c'était bien sûr moi qui conduisais, mais elle qui tenait la carte Michelin, et me guidait : « Au rond-point, tu prendras la troisième à droite, direction Chartres, et ensuite… »

Moi, je n'ai jamais su lire un plan et n'ai jamais non plus eu un grand sens de l'orientation. Combien de fois, d'ailleurs, lors de nos escapades, ai-je égaré la voiture ? Et Lili qui me disait : « T'inquiète, elle n'a pas disparu ! Des parkings, il n'y en a pas des milliers. On va forcément la retrouver ! » Et deux secondes après : « Ah ! Qu'est-ce que je te disais ? »

Lili

Ma mère est une pessimiste invétérée, et moi une optimiste. En tout cas, avec elle, j'avais ce rôle-là. Est-ce que je le surjouais ? Je ne sais plus.

Pour les vacances, l'une conduisait, l'autre faisait la copilote. Je m'occupais de la musique, de la carte routière, du thermos à café et des aires de repos. La première était incapable de faire ce que faisait la seconde. Et vice versa. Moi je n'aurais pas eu l'énergie pour les réveils à 4 heures du matin, pour tout préparer, charger la voiture la nuit, conduire, qu'il pleuve ou qu'il vente, pendant plus de neuf heures. Nous empruntions l'autoroute du Soleil, toujours embouteillée, et durant huit cents kilomètres elle conduisait seule. Avec un objectif : nous offrir des vacances bien méritées.

Nous traversions toute la France en voiture et nous nous sentions libres. Les fenêtres ouvertes, les cheveux au vent et la musique disco qui sortait de l'autoradio. Ma mère, c'était mon héroïne.

CHAPITRE 15

Lili

Nous passions toutes nos vacances en camping. En tente, en mobil-home ou en bungalow. Ma mère et moi partions chaque été deux semaines ensemble. La voiture, c'était notre seul moyen de transport ; la France, notre unique destination. L'étranger n'existait pas.

Gabrielle

Nos vacances étaient souvent spartiates. On dormait dans une tente, on cuisinait sur notre réchaud à gaz, on faisait la vaisselle et notre toilette aux sanitaires communs.

Je me souviens d'un camping que j'avais réservé à la dune du Pilat et qui vantait son accès direct à la plage. Les propriétaires avaient juste oublié de préciser qu'il était situé au pied de la dune, à l'opposé de l'océan, et qu'il nous fallait donc, pour aller se baigner, escalader la dune la plus haute d'Europe. Mais une fois là-haut, c'était magnifique ! Et voir Lili qui dévalait la pente à toute vitesse, et qui riait, et qui riait : ça n'avait pas de prix.

En vacances, elle était sociable, Lili. Plus détendue. Toujours plein de gamins autour de notre emplacement. On jouait à tous les jeux de société qu'elle avait apportés. Souvent je participais.

Et puis, il y avait le cahier de vacances. Parfois, je lui disais avant de partir : « Tu sais, cette année, on pourrait peut-être s'en passer ? » Et elle de rétorquer : « Ça va pas la tête ! Et cette fois, on prend l'année d'après, comme ça, je m'amuse un peu ! »

Lili

Chez nous, pas de ski évidemment. Sauf une fois, à Superbesse, pour voir la neige, faire de la luge et visiter des élevages de ragondins. Ils vendaient même du pâté !

Pour nous, les vacances, c'était la mer et le soleil.

Je me souviens de vacances, « à Capt d'Ague », comme disait ma mère, où tous les jours sur la plage un gigaphone se mettait à beugler : « 18 heuuuuures !!! C'est l'heure de l'apéro. » Et les vacanciers en slip de bain qui se levaient aussitôt, dans un même mouvement, secouaient leur serviette, prenaient leur boîte à pizza vide et quittaient la plage. Nous la laissant pour nous seules.

Gabrielle

Parfois, financièrement c'était dur, et je n'étais pas toujours certaine de pouvoir partir avec elle. Alors, on se serrait la ceinture, on faisait autrement. On n'annulait pas les vacances, mais on partait moins longtemps, moins loin, on décalait à des dates moins chères ou dans des lieux moins demandés. Un été, cependant, je n'ai pas eu de vacances, mais Lili oui. Elle est partie en Corse. On n'avait jamais pu y aller toutes les deux.

Lili

Ma mère m'a souvent mise en colonie. On n'avait pas aussi peur des tarés à l'époque. Je faisais ma vie, je lui écrivais des petites cartes postales, des lettres aussi, où je lui racontais tout, absolument tout. Moi, je ne lui ai jamais rien caché. Au début, en tout cas.

L'envol

Gabrielle

Elle m'avait envoyé une petite carte avec une église, parce qu'elle savait que c'était ma lubie : entrer dans tous les lieux religieux, sentir l'encens et prendre des photos floues et trop sombres. Quand elle m'écrivait des cartes, il n'y avait pas une faute d'orthographe. Moi, je ne sais jamais si on met « é » ou « er » à la fin des verbes, j'oublie les pluriels… Elle, jamais. Je me souviens encore de ses mots.

Chère petite Maman,

Ici, il fait beau et la mer est magnifique. Je mange de tout, même si je n'aime pas. Je me tartine de crème solaire, donc je ne bronze pas, mais j'attrape bien des coups de soleil et des taches de rousseur. Demain, on va pique-niquer sur la plage : ils ont prévu de faire griller des chamallows. Ce sera peut-être bon.

Bisous, Maman chérie. À vendredi !

P-S : J'ai hâte de rentrer à la maison.

CHAPITRE 16

Gabrielle

Lili a grandi dans une cité HLM. Il ne se passait pas un jour sans que la police ou les pompiers débarquent. Chez nous, c'était bruyant à longueur de journée, et la nuit aussi. On ne peut pas dire que Lili ait vécu dans un quartier tranquille. En primaire, l'école était de l'autre côté de la passerelle qui enjambait le RER, assez loin dans la vieille ville, où l'on ne trouvait plus aucun immeuble comme les nôtres, mais de jolies petites maisons en pierre avec jardin.

Je me souviens, une fois elle a regardé l'une de ces maisonnettes et elle m'a dit : « Mais ils vivent à combien là-dedans ? Il y a plusieurs appartements aussi et un ascenseur pour seulement deux étages ? » Non, c'était une maison toute simple pour une vieille dame seule avec son berger allemand.

Lili

L'école, la bibliothèque et la maison, c'étaient mon Triangle d'or à moi.

En CP et en CE1, un car m'emmenait le matin et me déposait le soir en bas de nos immeubles. Dès le CE2, j'y suis allée à pied, avec la clé de la maison autour du cou. Vingt-cinq minutes aller, vingt minutes retour.

J'avais droit à une activité extrascolaire. Pas deux, parce que ma mère n'était « ni taxi, ni Crésus ». Elle m'a fait choisir un sport. J'ai opté pour Multisports, je voulais tout découvrir : escalade, basket, athlétisme, escrime, tir à l'arc. Ensuite, j'ai essayé la danse classique, mais l'enseignante me mettait toujours au fond parce que je n'étais pas aussi mince que les autres. J'avais également un vélo, une piste cyclable, mais pas de destination où aller. Alors, je l'ai cherché longtemps, mon sport. Je crois que je le cherche encore.

Je ne savais pas qu'il était possible de faire une activité culturelle, sinon j'aurais demandé à être inscrite aux cours de dessin. J'aurais adoré apprendre le piano aussi, faire du chant, ou encore du théâtre. Mais cela n'a jamais été mis au menu des possibilités. Les aides municipales, les réductions via le CE et les chèques

« enfant », auxquels ma mère avait accès, n'étaient valables que pour une activité sportive.

Certains week-ends, nous allions à Vélizy, un centre commercial. Notre plaisir, c'était d'arpenter les allées et, exceptionnellement, nous déjeunions à *Pizza Del Arte*. Ma mère me laissait toujours remplir le chèque pour régler.

Gabrielle

Ma fille ne m'a jamais demandé d'acheter des baskets ou des vêtements de marque, mais des yaourts au chocolat et des pains au lait pour le goûter. Elle n'a jamais réclamé de pop-corn au cinéma, de deuxième tour de manège, de glace au parc d'attractions, ou de peluche dans la boutique de souvenirs du zoo. Peut-être avait-elle un sixième sens ? Elle devait sentir l'exception dans le budget que représentait la moindre sortie.

À un moment donné, ça a été plus dur. Je devais travailler dans plusieurs établissements à la fois, en plus de mes visites à domicile, soit deux journées en une, et je n'y arrivais pas. Je n'osais plus ouvrir la boîte aux lettres, ni répondre au téléphone. Je passais ma vie au volant, à courir, à gauche, à droite, à me démener pour être à l'heure, pour trouver de quoi dîner.

Lili

Ma mère mettait un point d'honneur à ce que je sorte de la maison avec des vêtements irréprochables, repassés, recousus, l'ourlet qui tombait parfaitement, à la bonne taille, et qui sentaient bon l'adoucissant. Elle aurait pu s'épargner le repassage, mais pour elle, c'était un motif de fierté. Et de respect.

Gabrielle

Une fois, ils m'ont coupé l'électricité. J'ai dit à Lili que j'avais envie d'un petit dîner romantique, et on s'est éclairées aux bougies. Dès le lendemain, le courant était remis. Il était hors de question que les voisins le remarquent. On avait tous nos problèmes.

Lili

Ma mère a toujours aimé les surprises. Pour son anniversaire, d'ailleurs, je lui préparais chaque année un plateau pour qu'elle prenne son petit déjeuner au lit. Je lui apportais un croissant, que j'avais acheté la veille sur le chemin de l'école, un verre de jus d'oranges que j'avais pressées moi-même, avec supplément pépins, son café au lait bien tiède et un carré de chocolat. J'ajoutais toujours un deuxième morceau, parce que ce n'était pas un jour comme les autres.

Une fois, c'est elle qui m'a fait la surprise d'un « dîner romantique ». Elle est drôle, quand même ! Comme si j'allais la croire. Mais, moi, j'aimais bien les coupures de courant. Surtout quand c'était tout le quartier qui était dans le noir. C'était joli chez nous, avec juste la lumière des étoiles dans le ciel au-dessus des tours.

Gabrielle

Non, l'argent, on n'en a jamais parlé avec Lili. Ou alors ça m'a échappé. Une fois, je me souviens, elle m'a dit :

– J'ai fini mes devoirs. J'ai envie de cuisiner. On fait des croque-monsieur ?

– Non, une quiche, ma chérie.

– Une quiche à quoi ?

– Une quiche à l'amour ! avais-je répondu.

– Y a quoi dedans ? avait-elle demandé, intriguée, parce que c'était bien la première fois qu'elle en entendait parler.

– Tout ce qu'on aime. Et tout ce qu'on a aussi…

L'envol

Lili

Ma mère n'a jamais eu beaucoup d'argent, mais sa phrase préférée, quand j'allais la voir, parce que j'avais usé mes crayons de couleur au point de ne plus pouvoir les tailler, était : « Le marchand n'est pas fatigué d'en vendre ! » Comme si l'argent n'était pas un problème. Moi, qui passais mon temps à gommer mes dessins une fois finis pour économiser les feuilles.

C'est peut-être la phrase que j'ai le plus entendue dans mon enfance : « Le marchand n'est pas fatigué d'en vendre. »

CHAPITRE 17

Gabrielle

En milieu de primaire, un jour, Lili a perdu son enthousiasme.

– Alors, raconte ta journée, ma chérie.

– C'était nul !

– Mais, tu as bien appris quelque chose ?

– Rien.

Et elle est restée silencieuse.

Lili

Si, en grande section et en CP, j'étais le bras droit de la maîtresse, rapidement, ce bras, je n'ai plus eu le droit de le lever : « Oui, Lili, on sait que tu sais. Quelqu'un d'autre ? »

C'est vrai que je levais plus le doigt pour poser des questions que pour répondre à celles de la maîtresse.

Gabrielle

Lili avait son caractère, et ce n'était pas facile tous les jours ! Il fallait lui rappeler qui était le chef. Car Lili et l'autorité, ça a toujours fait deux. Impossible de lui faire faire quelque chose qu'elle n'avait pas décidé. « Mets ton pyjama avant de passer à table, ça sera fait ! » « Avant de t'allonger par terre pour dessiner, passe le balai, c'est dimanche, il faudra de toute façon que tu nettoies ta chambre ! » « Coupe ta radio quand tu apprends ta leçon ! » « Et mets-toi à ton bureau, nom de Dieu, à quoi ça sert que je t'en achète un si tu fais toujours tes devoirs dans ton lit ! » Et elle ne bougeait pas.

J'ai parfois été convoquée. On me disait : « trop rebelle, trop la bougeotte, trop participative, trop hautaine, trop solitaire, trop insolente aussi ». Quand on lui enseignait quelque chose, elle voulait comprendre, savoir pourquoi et elle n'arrêtait pas avec ses questions, quitte à ralentir l'avancée du cours. Et ses professeurs n'ont pas tous aimé ça. Combien de fois lui ai-je dit de tourner sept fois sa langue dans sa bouche avant de parler ? Elle passait pour quelqu'un d'impertinent ou de dédaigneux, et avec elle, les adultes oscillaient entre fascination et malaise.

Mais ce qui la sauvait, c'était qu'elle était toujours la première.

On m'a proposé qu'elle saute une classe, mais j'ai dit non. Elle m'en a voulu d'ailleurs. J'ai tout fait pour qu'elle ait une scolarité « normale ». Elle m'aurait échappé encore plus rapidement sinon. J'avais peur qu'elle rate quelque chose de la vie. De l'enfance. Déjà qu'elle posait des questions tout le temps, y compris sur des sujets très spécifiques… J'avais l'impression qu'elle perdait son innocence.

Lili

En CE1, je savais déjà des choses étranges. Comment on faisait l'amour, ce qu'était une épisiotomie, un pédophile, un violeur… Mes copines étaient horrifiées. Et moi, résolue : des enfants, jamais !

Gabrielle

À l'école, Lili avait peu de personnes qu'elle appelait « amis ». Elle s'entendait bien avec tout le monde et tout le monde l'aimait bien, mais elle n'accordait son amitié qu'à ceux qui s'intéressaient aux mêmes choses qu'elle. Et il n'y avait pas foule !

Combien de fois lui ai-je proposé de ramener une camarade à la maison ? Ou une voisine ? En vain.

L'envol

Même pour son anniversaire, elle me disait : « Non, merci, je ne préfère pas. Mais tu sais ce qui me ferait vraiment plaisir ? Faire un plateau-télé, toutes les deux, avec des croque-monsieur. »

CHAPITRE 18

Gabrielle

L'appétit avec lequel elle dévorait les livres, qui n'étaient d'ailleurs pas toujours de son âge, a fini par m'inquiéter. Elle faisait des fiches, avait un cahier à onglets, où elle notait les mots nouveaux qu'elle avait entendus, et je pouvais être sûre que, dès les prochains jours, elle allait les réutiliser. Tout ce qu'elle découvrait, elle l'approfondissait, et je sentais bien qu'on s'éloignait l'une de l'autre.

Lili

Moi, j'avais envie que ma mère s'élève, qu'elle fréquente des gens à sa hauteur, à son niveau : pas des gens qui la rabaissent, qui la tirent vers le bas. Son unique tentative amoureuse, pour ne citer que lui, c'était la catastrophe ! Il parlait mal…

– Comment ça « Il parlait mal » ?

– Oui, il faisait plein de fautes de français, Maman !

– Comme quoi ?

Soupirs.

– Par exemple, on ne dit pas « Je vais au coiffeur », mais « chez le coiffeur » !

– Mais j'ai toujours dit comme lui !

Silence.

– Je sais…

Gabrielle

Corriger les autres est devenu plus fort qu'elle. Elle ne pouvait pas s'en empêcher. Il y avait toujours quelque chose qui n'allait pas, que l'on disait mal. C'était son sport national que de pointer les fautes de français de tout le monde. Pas que de moi d'ailleurs. Comme si ça lui écorchait littéralement les oreilles de les laisser passer.

Lili

J'avais peur de confondre ce que j'avais entendu pendant huit heures à l'école – et qui était correct – avec ce qu'elle allait me dire pendant dix heures – et qui ne l'était pas. Que mon cerveau se brouille et qu'à cause d'elle, pour toujours, je ne sache plus ce qui était juste ou non.

Gabrielle

Elle me disait avec aplomb : « Maman, c'est important, c'est l'image que tu renvoies. Cela va être la première impression que les gens vont se faire de toi. Autant qu'elle soit irréprochable. » « Irréprochable » de quoi ? Du milieu d'où l'on venait ? De mon métier ? Comme si on devait le cacher ou en avoir honte.

Lili

J'ai été dure. Dès qu'elle faisait une erreur, je la reprenais. Systématiquement. C'était pour l'aider, pour lui enseigner moi aussi quelque chose, mais elle ne cherchait pas à retenir, cela ne l'intéressait pas. « Ce n'était pas si important, disait-elle. C'est du pareil au même, blanc bonnet et bonnet blanc ! »

Mais non, ce n'était pas pareil. Et c'était important. Pour moi, en tout cas. Elle était ma mère, mon modèle, une mère parfaite, et là, elle baissait les bras. Comment continuer à rester à égalité, à être mon pilier, ma fierté ?

Je lui en ai voulu qu'elle n'essaie pas. Qu'elle ne retienne pas.

L'envol

Gabrielle

Parfois, je n'osais même plus ouvrir la bouche, parce que je savais qu'elle allait me dire « C'est pas comme ça qu'on dit » ! Quand Lili est là, ça me stresse, j'ai peur qu'elle me reprenne. Et, chaque fois, j'ai raison : elle me reprend.

À cause d'elle, je ne sais plus si on dit « Je vais au coiffeur ou chez le coiffeur ». Je ne sais plus ! Alors maintenant je dis : « Je vais me faire couper les cheveux » !

Tu m'embrouilles, ma fille. Laisse-moi penser avec mes mots à moi. J'avais très bien vécu comme ça, avant toi. Sans complexe. Sans honte. Je dis ce que je veux et comme je le veux !

Quand même, se dire que c'est la fille qui corrige la mère ! C'est qui la mère à la fin ?

CHAPITRE 19

Gabrielle

Dès la fin de l'école primaire, j'ai senti que, scolairement pour moi ce serait difficile de suivre. C'est vraiment humiliant cette sensation de ne plus être en capacité d'aider son enfant. Surtout si tôt. J'étais complètement larguée. Incapable même de comprendre de quoi elle parlait. Comme une langue étrangère.

D'ailleurs, c'est en CM2, au moment de choisir ses options au collège, que Lili et moi avons eu notre plus grosse dispute.

Je n'avais pas un avis tranché, mais anglais me paraissait être la langue de bon sens pour se débrouiller dans la vie. Eh bien, Lili n'était pas d'accord. Elle soutenait qu'elle voulait faire allemand – alors que l'Allemagne avait quand même décimé une bonne partie de notre famille… Et en plus, elle voulait faire latin : une langue morte ! « À quoi ça pourrait bien te servir ? C'est la langue du curé. Tu es religieuse, toi maintenant ? » Elle m'aurait dit « italien », pourquoi pas… Mais Lili n'en démordait pas.

Et vous savez ce qu'elle a fait, la gamine de 10 ans, pour avoir gain de cause ?

Lili

J'ai convoqué ma mère dans le bureau du directeur ! C'était le seul moyen pour la convaincre que c'était le bon choix. Pas le choix de la facilité, mais un défi intellectuel. Je le ressentais, mais je n'en savais rien. C'était au directeur de trouver les mots, les arguments pour lui expliquer. Même si, en vrai, il s'est montré plus timoré et médiateur qu'autre chose.

Gabrielle

J'ai cédé, et je crois que c'est vraiment à ce moment-là que j'ai senti qu'elle m'échappait. J'avais perdu. J'avais rendu les armes et, par la suite, tout a été différent entre nous.

DEUXIÈME PARTIE

CHAPITRE 1

Gabrielle

Au collège, Lili est restée de notre côté de la passerelle, loin du centre-ville bourgeois où se trouvaient son école primaire et un autre collège. D'ailleurs, la plupart de ses camarades de CM2 sont allés dans celui-ci. Lili a été scolarisée dans un établissement situé au cœur de notre quartier.

Lili

Ma mère n'aurait jamais eu l'idée de payer pour me mettre dans une école privée. Le niveau aurait peut-être été différent. Mais à vrai dire, je ne suis même pas sûre qu'il existait une telle option dans ma ville.

De toutes les classes de 6e, j'étais dans la seule où il y avait des fils et filles de médecins, avocats, notaires, enseignants… À croire qu'ils s'étaient tous passé le mot pour que leurs enfants fassent latin et allemand en LV1 ! Scolairement, c'est devenu plus compétitif, mais c'était ce que je souhaitais. Je voulais prouver que je valais quelque chose, au moins autant qu'eux.

Gabrielle

À la rentrée, Lili était deuxième de sa classe. Ça ne lui a pas plu. Alors, elle s'est accrochée à ses résultats comme si sa vie en dépendait.

Chaque trimestre, Lili me rapportait les félicitations du conseil de classe. Elle avait l'impression que toute note inférieure à 20/20 était une faute. Moi, je lui disais que 17 ou 18 c'était déjà très bien, et elle me disait : « Non, Maman, 20/20 c'est très bien. »

Pour le coup, la pression ne venait vraiment pas de mon côté. Je n'aurais jamais osé lui dire quoi que ce soit, elle était déjà arrivée plus loin que moi. Je me serais penchée sur ses devoirs, que je n'aurais rien compris : Pythagore, Thalès… Et puis, Lili, qui a toujours eu de drôles de questions, avec le collège, ça a été un florilège d'interrogations et d'idées farfelues le soir à la table du dîner.

– Mais on a une religion, nous ?
– Non, pourquoi ?

– Je ne suis pas baptisée ?
– Si, c'était pour faire plaisir à l'arrière-grand-mère.

– Est-ce que t'as réussi dans la vie ?
– Je ne sais pas… Je suis locataire, dans une cité HLM, je ne paie pas d'impôts… Et puis, c'est quoi d'abord la réussite ? Être riche ? Être chef ? Mais est-ce que ça rend plus heureux ?

– On est de gauche ou de droite ?
– Tu sais, moi et les élections… Tu reveux de la salade, ma chérie ?

– On pourrait regarder le journal télé, le soir ?
– Pour quoi faire ?
– Savoir ce qui se passe dans le monde.
– Mais c'est l'heure de ma série. Tu veux vraiment ?
– Non, oublie. De toute façon, les JT parlent toujours de la même chose : de morts et d'argent.

Lili

Alors, après le dîner chaque jour, je filais lire dans ma chambre.

La politique, cela n'a jamais été une discussion à la maison. Ma mère n'a jamais voté. Trop loin de ses préoccupations quotidiennes. Elle ne voit pas le rapport avec le fait de devoir travailler plus chaque jour pour le même salaire. De se lever une heure et demie plus tôt le matin, de rentrer une heure plus tard le soir, de devoir patienter deux ans de plus avant de peut-être toucher sa retraite. Pas syndiquée. Mais elle fait grève avec les collègues, suit le mouvement, depuis toujours. Le prix de l'essence qui augmente, son chauffage, son eau chaude, son électricité, son assurance voiture, tout augmente. Alors elle va moins au cinéma. Mais ne va pas voter.

En primaire, je ne m'étais jamais demandé si nous étions riches ou pauvres. Ce n'est pas tellement le genre de questions que l'on se pose lorsqu'on est enfant. Et puis, les réponses, je les avais sous les yeux. Les catalogues Lidl cochés, les colonies de vacances proposées par le comité d'entreprise, le stress à l'ouverture de la boîte aux lettres, l'attente du courrier des APL, les activités sportives payées par les chèques enfants, la tranche de jambon et la feuille de salade pour elle tous les soirs. Sauf les lundis et jeudis, parce que c'est le jour des œufs au plat. Et les raviolis en conserve, tous les dimanches soir.

Et toujours, on allumait la radio, même si ma mère avait déjà mal au crâne de sa journée de travail, et on chantait. Elle lavait la vaisselle, j'essuyais et nous étions heureuses. Et ma mère fredonnait « *Tarte aux pommes* » à la place de « *Funky Town* »…

CHAPITRE 2

Gabrielle

Mon monde s'effondre le jour où elle rentre de l'école et me dit :

« Je n'aime pas les garçons. Dans la cour, ils frappent mes seins. »

Lili

À 9 ans, j'avais de la poitrine ; à 10 ans et demi, mes règles. Intérieurement je ne changeais pas, je faisais toujours le même trajet entre l'école et la maison, mais désormais sur ma route je me prenais de plein fouet des commentaires d'hommes (qui auraient pu être mon père) qui m'interpellaient, me scrutaient de la tête aux pieds (sachant que la tête et les pieds semblaient être ce qui les intéressait le moins) et commentaient à voix haute. Si je ne répondais pas, ils m'insultaient. Et je les recroisais le lendemain, avec le même accueil. Avec eux, le mépris ne fonctionnait pas.

Au collège, cela continue, et cela s'amplifie, et cela dure.

La première fois que j'ai eu mes règles, j'étais contente : je m'étais dit que c'était bien de les avoir tôt. De les avoir la première. Je ne sais pas trop pourquoi… Une drôle de conviction, comme celle qu'il vaut mieux ne pas faire l'amour la dernière…

Si j'avais su.

Les seins, cela aurait dû être pareil – une joie –, cependant j'étais la seule dans ma classe à avoir des formes. Les filles croyaient que je mettais des t-shirts moulants pour crâner : j'avais pourtant les mêmes vêtements qu'avant, les mêmes que les leurs. Ils étaient juste devenus plus serrés.

Il se passe beaucoup de choses dans la tête d'une petite fille.

Chaque seconde, chaque jour, on est accablée de tiraillements, d'incompréhensions, de doutes. Entre ce que l'on ressent et ce que l'on devrait ressentir. Ce que l'on pense et ce que l'on devrait penser. Alors, mes questions resteraient entre moi et moi : Est-ce des premières règles ? Est-ce normal d'avoir si mal au ventre ? Est-ce normal que ce soit « autant » et « si longtemps » ? Pourquoi ai-je l'impression d'être toujours dans la fourchette haute ? Vais-je encore grossir ? À quel moment cela va-t-il s'arrêter ? À quel moment aimerai-je mon corps ?

Bien sûr, j'aurais pu demander à ma mère, mais j'avais peur que mes interrogations en dévoilent trop sur moi. Je craignais de la mettre mal à l'aise. Et si elle n'avait pas la réponse ? Et si elle n'avait pas imaginé sa petite fille ainsi ?

Comme beaucoup de choses, j'ai donc appris la puberté dans les livres. Il y en avait un à la maison avec trois schémas : la fille, la jeune femme et la femme complètement formée. Les formes me semblaient absolument déraisonnables – rien à voir avec les corps des brindilles de la télévision ou des magazines.

Mon corps va-t-il vraiment ressembler à *cela* ?

Gabrielle

C'est à 10 ans que j'ai commencé à être formée. J'ai voulu faire disparaître mes formes, me débarrasser de tous mes attributs féminins. À l'adolescence, je cachais mon corps sous des salopettes, des chemises trop grandes, des pulls qui m'arrivaient jusqu'aux genoux. Mes cache-misères. Puis, j'ai coupé mes cheveux. Je les ai gardé courts, jusqu'à ce que je parte de la maison, que je change de quartier. Et j'ai arrêté de manger.

Alors, oui, je le sais mieux que personne qu'à 10 ans on est encore un bébé. On est fragile. Et Lili, je ne l'ai pas vue grandir. Du jour au lendemain, elle s'est fermée, et elle est devenue secrète. Une pudeur s'est installée entre nous. Et moi, je suis juste devenue une mère inquiète qui voit sa fille souffrir et qui ne sait plus comment l'aider.

Lili

Je suis devenue maladivement pudique. Il y avait des choses qui ne la regardaient pas. Mon corps changeait, me dépassait, et je voulais le garder pour moi. Ne le montrer à personne. Parce que moi qui avais toujours été dans le contrôle, ce corps, cette puberté, cette adolescence, je n'ai plus rien contrôlé du tout. Et cela a été une tempête intérieure dont personne ne pouvait me sauver.

Moi, je voulais grandir. Le plus vite possible. Je voulais être une adulte, mais pas une femme. Encore moins une enfant dans un corps de femme.

L'enfance, c'est une heureuse satisfaction de soi-même. Une confiance totale. C'est être tout le temps très sûr de soi. Et cela, je l'ai perdu.

Grandir, c'est perdre sa toute-puissance. Son insouciance aussi.

CHAPITRE 3

Lili

Quatre ans de collège, quatre ans d'angoisse. J'essayais d'être la plus transparente possible, mais cela ne marchait pas. Rien ne marchait. Être une bonne élève était un problème, être la seule fille formée était un problème, être plus mûre que les autres était un problème. Ne pas écouter de rap, ne pas porter de vêtements de marques et ne pas avoir les bonnes baskets aussi.

J'étais à la marge. Et je ne pouvais rien y faire. Jouer au caméléon était impossible, m'adapter à leurs cultures et religions m'était impossible. Il m'a fallu économiser pendant quatre années pour me payer mes premières Air Max, blanches et violettes. Pour qu'on me foute la paix. Mais c'était trop tard.

Gabrielle

Je voyais bien qu'elle avait des chagrins, j'aurais tout donné pour pouvoir les prendre pour moi. Pour l'alléger. L'adolescence est déjà si difficile. Mais elle ne me disait plus rien.

Une fille qui souffre, c'est une maman qui souffre aussi, mais elle ne sait pas pour quoi. Si elle avait des pierres trop lourdes dans son sac, je les aurais portées sur mon dos. On ne se disait plus grand-chose, surtout pas l'essentiel.

Encore moins qu'on tenait l'une à l'autre.

Lili

Rien n'allait à part les cours. Et ce corps qui n'en finissait pas de changer… Je n'en pouvais plus ! Je ne voulais plus le voir, plus me regarder. Je ne contrôlais plus rien. Je ne pouvais que constater les dégâts et faire de mon mieux pour tout cacher.

Mais c'était insuffisant. J'étais scrutée, détaillée, notée. Cul, seins, gueule – les seules évaluations qui les intéressaient, les seuls classements dont ils étaient les champions, eux qui jugeaient les filles et faisaient circuler leur sentence.

« Beau cul, beaux seins, fausse gueule. » Ma pire appréciation du collège.

Gabrielle

Pas d'amoureux, je crois. Ma fille est trop concentrée sur ses études. Elle est très indépendante. Trop, peut-être. Ça doit effrayer les garçons.

J'espère seulement qu'elle ne prendra pas le même chemin que moi. Elle mérite une vie normale, une vie heureuse. Pas cette solitude programmée.

Lili

À la maison, ma mère m'a toujours encouragée à dire ce que je pensais. Elle me disait : « Ne te laisse jamais faire ! » Je n'étais pas spontanément agressive ou violente. Mais si on me cherchait, il fallait que je réponde, que je montre que je n'avais pas peur. Pourtant marcher la tête haute, je ne l'ai pas toujours fait. Parfois il était plus simple de longer les murs, de me faufiler, tracer, d'être plus rapide, plus maligne.

Ma mère avait un manuel d'autodéfense. Je me souviens, il y avait différentes parades : comment garder les genoux verrouillés en croisant les chevilles, faire une clé de bras. Un des rares livres qu'elle avait à la maison, d'ailleurs. Pourquoi avait-elle celui-là ? Que lui était-il arrivé ? Je n'ai jamais osé lui demander.

Malgré mes formes, je reste une petite chose fragile avec des poignets en allumettes, qui n'a aucune force pour se défendre, pour faire le poids face à qui que ce soit et qui se ferait briser en deux à la moindre bagarre. Mais qui, grâce à ce livre, met des coups de genou entre les jambes des garçons, pour toute main baladeuse, et récolte en représailles une protubérance au tibia à vie.

Mais c'est le prix. Le prix du respect.

CHAPITRE 4

Lili

Ma mère m'a enseigné beaucoup de choses. Respecter tout le monde. Ne pas se laisser marcher sur les pieds. Ce que je ne comprends pas, c'est pourquoi, cette dernière règle, elle ne se l'applique pas à elle-même.

Souvent, j'allais voir ma mère à son travail. Je connaissais ses horaires par cœur : chez qui elle travaillait, quels jours, à quelles heures.

Une fois, je devais avoir 13 ans, je m'apprêtais à sonner chez un vieux monsieur chez qui elle travaillait, mais là j'entends des voix qui hurlent derrière la porte. Je me suis faite discrète et j'ai collé mon oreille pour mieux entendre.

Je comprends que le fils du vieux monsieur est là et insulte ma mère parce que le pain n'est pas frais du jour, ce que je sais être faux. Et ma mère se tait. Elle ne dit rien. Puis au bout d'un moment, je l'entends s'excuser : « Pardon, monsieur. Ça n'arrivera plus. » Et lui de ricaner : « Je vous le confirme, c'est bien la dernière fois que j'ai à vous reprendre, sinon ça n'arrivera plus jamais du tout ! »

J'ai dévalé les escaliers et attendu ma mère en bas de l'immeuble. Elle a mis dix bonnes minutes pour redescendre. Cela m'arrangeait, j'étais rouge et j'avais les yeux brillants. Et quand elle m'a vue :

– Ça va, ma chérie ? Je suis heureuse de te voir. Ça a été ta journée ?

– Et toi ? lui ai-je demandé timidement.

– Parfait ! J'ai même une petite surprise pour toi. Allez, viens, je vais te montrer tout ça à la maison…

Pour la première fois, je me suis rendu compte que ma mère était capable de me mentir : elle venait de pleurer elle aussi.

CHAPITRE 5

Gabrielle

Je suis traversée par les gens, leurs histoires, leurs douleurs, leurs peurs, et je dois porter tout ça à leur place, les alléger, et sourire. Puis rentrer chez moi, comme si de rien n'était. Alors, parfois, oui, dans la voiture du retour, c'est dur. Je me laisse aller. C'est le seul moment où je m'autorise, où j'ai le droit. Pas avec mes patients, pas avec ma fille. Je ne pleure que dans la voiture.

Quand on est auxiliaire de vie, on est une béquille. Mais ça use, la vie des autres. On aimerait faire plus, être là tout le temps pour eux, mais on ne peut pas. Alors, un brin de causette, un peu de ménage, et quelques douces attentions, c'est déjà pas mal.

Parfois, ma fille vient. J'aime bien quand elle m'aide et qu'elle se salit un peu les mains. C'est notre moment à nous. Elle comprend un peu mieux mon quotidien.

L'envol

Il faut accepter de n'être rien, pas plus que l'herbe dans le vent, la pierre dans la rivière. Être un grain de sable, un rouage, un passeur. Aider, accompagner, se mettre en retrait, au second plan. Faire ce que les autres ne font pas.

Lili

C'est ce qui s'appelle être faible. Être résigné.

Ma mère n'est pas une rêveuse, une contemplatrice, une épicurienne. Plutôt un hamster dans sa cage ; son horizon, c'est sa roue ; sa routine, son train-train. Pas du genre à ralentir, à observer autour de soi, à voir le soleil se coucher. Le voir se lever, plus probablement, quand elle se rend à pied au travail.

Quand on doit gérer seule une multitude de choses, quand on travaille plus de dix heures par jour, que l'on doit faire les courses, la cuisine, le ménage, on n'a peu l'occasion de relever les yeux du trottoir. Mais elle ne se plaint pas, elle a toujours été ainsi. « Ça a été la course, aujourd'hui ! Je n'ai pas arrêté. Je rêve de pouvoir poser mes fesses sur mon canapé. » Mais non, même quand elle s'arrête, il y a le téléphone qui sonne, la porte qui s'y met aussi.

Avec sa stratégie des corvées avant les plaisirs, elle risque de passer sa vie à faire les corvées, repoussant les plaisirs à toujours plus tard. Ce sera pour la retraite, ou pour après la mort. Pas de temps pour la réflexion, pour savoir si on est heureux.

Les seuls moments où elle s'arrête un peu, c'est à Noël, lorsqu'elle choisit où partir l'été suivant : la région, le camping, elle s'en fiche, tant que cela rentre dans son budget. Une seule prérogative, son seul luxe : avoir du soleil ! « Le gris, la pluie, je l'ai ici. Pas de risque inutile, je n'ai que deux semaines : je veux, comme les autres, revenir de vacances heureuse et bronzée. »

Moi, je veux être actrice de ma vie, pas spectatrice. Je veux décider, pas subir. Devenir tout sauf elle.

Finalement, je ne veux plus être normale.

CHAPITRE 6

Gabrielle

J'ai essayé d'inculquer à Lili que les deux valeurs les plus importantes étaient la gentillesse et la discrétion. C'est entré par une oreille et ressorti par l'autre.

Lili

Ma mère m'a toujours répété : « Sois discrète, ma fille. Ne fais pas de vagues, ma fille. »

La discrétion, toujours. Se taire, ne pas réclamer plus, ne pas faire remarquer qu'on n'a pas eu ce qu'on a demandé. Une jolie tortue, qui fait le dos rond, qui laisse le courant l'emporter. Mais qui se fera bouffer par le premier requin venu. Requin qui passera à la tortue suivante, jusqu'à plus faim. Parce que c'est ça la chaîne alimentaire, parce que c'est ça la vie : il y a des proies et des prédateurs, et on ne change pas de camp. Pas comme ça. Pas facilement. Pas sans séquelles.

Moi, j'en ai marre, cela me tue. Pour elle, comme pour moi.

Un jour, j'ai accompagné ma mère chez le banquier. Je lui aurais sauté à la gorge et crevé les yeux. Les gens importants – le médecin, le banquier –, ma mère ne les regarde pas en face. Elle se sent inférieure, trop timide ou trop impressionnée. Cela lui est impossible de soutenir leur regard. Elle les respecte trop et eux ne la respectent pas assez.

Dans son fauteuil avec deux accoudoirs (alors que nous avions de simples chaises), il avait une façon de lui parler avec tant de mépris, en lui faisant la leçon, alors que dès qu'il se tournait vers moi, future bachelière, il devenait tout mielleux.

Moi, je ne veux pas devenir riche. Je veux juste ne plus avoir à me poser la question de l'argent, ne plus avoir à supporter ce genre de comportements irrespectueux.

Je me suis fait une promesse : à mon premier salaire, je changerai de banque.

Gabrielle

Moi, je ne sais pas comment elle fait. Rien que demander de l'eau au restaurant, si le serveur a oublié, je n'ose pas le lui rappeler. Ma fille, elle y va à coups de « Pardon, excusez-moi, s'il vous plaît », grand sourire et « merci ». Et personne ne se vexe. Et personne n'a plus soif.

Lili

Je me suis rendu compte que si tu ne vas pas chercher les choses par toi-même elles ne viennent pas toutes seules. Les autres ne demandent pas la permission et ne réfléchissent pas autant. Ils y vont. Point.

Quand on nous demandait qui voulait être délégué de classe, je mourais d'envie de me proposer, mais je n'osais pas. « Et si je n'étais pas élue ? Et si je découvrais que je n'étais pas du tout aimée ? » Il en faut du courage pour accepter de se décevoir.

Gabrielle

Un soir, je surprends Lili qui parle avec le fils de mon petit vieux. Je ne savais pas qu'ils se connaissaient. Elle est plantée devant lui, les mâchoires serrées, le regard bien droit. Et j'entends qu'il lui dit : « Toi, l'effrontée, on ne t'a pas sonnée ! Alors, sois gentille et reste à ta place ! »

Lili

Je lui en serai éternellement reconnaissante. Il m'a appris qu'on n'existait jamais autant que quand on ne restait pas à sa place.

Après lui, il y a eu d'autres opportunités de prendre la parole : le conseil municipal des enfants, où tu te dis que tu ne te battras pas pour toi, pour ton ego, mais pour tous les enfants de ta ville. Pour demander que le fameux passage piéton devant l'école, où les élèves manquent de se faire renverser chaque jour, soit enfin refait. Soudain tu vois ta main se lever. Sans y avoir réfléchi, sans avoir pesé le pour le contre pendant des heures, sans la baisser avant qu'il ne soit trop tard pour faire marche arrière. Et tu es élue, tu fais refaire ces bandes blanches. Et ta main ne redescendra plus. Tu continueras à la lever.

CHAPITRE 7

Gabrielle

L'adolescence, ça a été dur pour Lili. Le visage toujours fermé, les mâchoires crispées. Constamment en colère. Contre quoi, on ne savait pas.

Lili

Quand on n'a pas de frères et sœurs, avec qui se déchire-t-on ?

Avec soi-même.

Gabrielle

Le collège, ça a été difficile entre nous. Comment dire… ? Ça a été…

Lili

La guerre !

Ma mère continuait de me materner, mais elle ne voyait pas qu'elle m'étouffait. Qu'elle m'empêchait de vivre. Comme si cela allait empêcher quoi que ce soit. Elle s'est mise tout à coup à…

Gabrielle

… serrer la vis. Elle n'avait jamais fait de bêtises, ramenait toujours d'excellentes notes, si elle n'était pas la première, elle était la deuxième, mais ce n'était plus ça l'enjeu.

Lili

Mais c'était quoi l'enjeu ?

Gabrielle

Les relations se sont tendues. C'était à celle qui allait céder la première. Et comme personne ne voulait céder, c'était un peu chaud ! Lili a toujours eu un gros problème d'autorité. Mais j'étais la mère et il fallait bien que je mette des limites.

Quand elle était dans sa chambre, sa chaine hifi était à fond.

– Mais baisse ta musique !

– Je travaille !

– Comment peux-tu travailler dans ce boucan !

J'entrais et elle était assise par terre, avec ses crayons, à dessiner.

– C'est ça que t'appelles du travail ? Ce n'est pas comme ça que tu vas l'avoir, ton brevet. Bosse, et pour de vrai, s'il te plaît !

– Je l'ai déjà, mon brevet !

– Sans le passer ?

Soupirs.

– Oui, Maman. Et avec mention *Très bien* même.

Et, moi, je continuais de ne rien comprendre.

– C'est un contrôle continu !

Silence.

– Cesse de faire la tronche, alors !

– Mais je ne fais pas la tête…

– Humm… Tu ne souris pas non plus !

– Je ne vais pas sourire pour rien. Je suis occupée là : je dessine. Et d'abord, pourquoi toujours sourire ? Pour rassurer les autres, leur faire croire que tout va bien ? Je veux qu'on me foute la paix.

– Et arrête de lever les yeux au ciel quand je te parle !

Long soupir.

L'envol

– Vivement qu'on le coupe ce cordon, non ?

– Tu sais, ma chérie, le cordon, on croit qu'on le coupe, mais on ne le coupe jamais vraiment.

CHAPITRE 8

Gabrielle

Un jour, avec Lili, on s'est fâchées très fort. On s'est dit des choses dures, et elle a claqué la porte. À la nuit tombée, elle n'était pas revenue. Je savais que ça existait, mais que ça m'arrive à moi !? Pourquoi ça nous arrivait à nous ?

Lili

– Ne monte pas sur tes grands chevaux, Lili !

– Un jour, cela va te faire bizarre, mais je vais demander mon émancipation.

– Ça, jamais ! Je ne pourrai jamais faire une croix sur mon seul enfant !

– J'en ai marre d'être infantilisée, d'être en prison, d'attendre que ça commence ! Je veux vivre !

– Si tu pars, sache que, même si on ne se voit plus, même si tu ne veux plus me parler, je serai toujours ta mère. Et quoi que tu en penses, je t'aimerai quand même. Pour toujours.

Gabrielle

Elle n'est réapparue que le lendemain en fin de journée. Pendant tout ce temps, je n'ai pas bougé, je n'ai pas dormi, je n'ai pas mangé. Je ne suis même pas allée travailler. Je l'ai attendue. Et une certitude m'a frappée. Je peux vivre sans homme, mais je ne peux pas vivre sans ma fille.

CHAPITRE 9

Lili

Comment peut-on se satisfaire de naître, grandir, vivre et mourir au même endroit ? Sans avoir envie de voir autre chose. Comment peut-on ne pas avoir envie de vérifier que l'herbe n'est pas plus verte ailleurs, quitte à revenir ensuite ?

– Mais *qui* t'a mis ces idées dans la tête ?

– Les livres, Maman ! Les livres.

Gabrielle

Lili s'est toujours mise en devoir de ne rien montrer, de se tenir. D'être une personne impassible, sur qui tout coule. Alors que c'est une hypersensible qui s'est construit une carapace et, à l'intérieur, ça bouillonne. C'est du feu, ma fille. Du feu déguisé en glace. Un feu qu'il faut alimenter pour qu'elle fonctionne. Si on ne l'alimente pas, Lili, elle s'éteint.

Lili

Si étonnant que cela puisse paraître, nous ne nous sommes jamais dit « je t'aime » avec ma mère. Je crois que, premièrement, cela ne se faisait pas trop à l'époque, ensuite nous étions trop pudiques. Et puis, nous n'avions pas besoin de nous le dire.

Ma mère et moi, nous n'avions qu'un corps pour deux. Ses hontes, ses complexes physiques étaient les miens, je les avais intégrés. Ses vêtements « cache-misère » aussi. Avec la puberté, mon rapport au corps a été bouleversé, celui aux hommes aussi. Je n'ai jamais été autant draguée qu'entre mes 9 et 14 ans. J'avais le sentiment d'être une proie pour eux qui chassaient en meute depuis leur banc ou autour de leur camionnette. Tout le monde n'a pas eu cette enfance-là, j'en ai conscience, et moi, cela m'a rendue méfiante. À tout protéger. Mon corps. Et mon cœur surtout.

L'envol

Gabrielle

Je n'ai même pas eu le temps de l'emmener chez ma gynéco. Un jour, elle est revenue et elle m'a dit : « Ah, au fait, je suis passée au planning familial. Je prends la pilule. »

Lili

Nous n'avons pas eu besoin d'avoir cette discussion. J'ai accompagné une amie la première fois, y suis retournée pour moi ensuite. J'ai été écoutée, ai posé toutes mes questions. Et cette pilule a changé ma vie. Du jour au lendemain, cela en a été fini des cycles hémorragiques et douloureux, des pulls noués autour des fesses au cas où. J'ai repris le contrôle de ma vie. Plus sereine aussi avec le fait de devenir une femme. Et heureuse surtout de quitter le collège. La pire période de ma vie.

CHAPITRE 10

Lili

Huit élèves.

Seul un quart de ma classe de troisième a continué en seconde générale. Les autres ont poursuivi dans une voie professionnelle ou ont arrêté l'école.

Le seul lycée généraliste de ma ville était planté physiquement en face de mon collège, pourtant les chemins pour y parvenir semblaient impénétrables pour beaucoup. Les bagarres, les insultes, les bandes qui traînaient devant les grilles du collège n'ont jamais approché celles du lycée. Même si à l'occasion ils pouvaient venir crever les pneus de la professeure d'anglais.

Gabrielle

Quand on pense aux futurs métiers de nos enfants, on a un champ plutôt restreint. Il y a tellement de métiers que l'on ne connaît pas, certains n'existent même pas encore. Ceux que l'on peut avoir en tête, ce sont ceux des gens qui ont réussi : avocat, médecin, professeur. Professeur, c'est un métier haut placé, en plus il y a plein d'avantages, notamment celui d'avoir du temps pour soi et pour sa famille. Ça aurait pu être bien pour ma fille, mais elle manque de patience.

Rapidement, il a fallu qu'elle choisisse une spécialité, des options. J'aurais été bien en peine de l'aider. Je n'y connaissais rien du tout. Elle a choisi seule ce qu'elle pensait être le mieux pour elle.

Lili

En première, je prends la voie du milieu. Ni littéraire, ni mathématique. L'unique voie où toutes les matières comptent autant. Et, pendant deux ans, je découvre la philosophie, l'économie et la sociologie.

Un jour, en cours de sciences économiques et sociales, l'enseignant nous montre une pyramide avec trois strates : les catégories socioprofessionnelles.

– Vous voyez, si vos parents sont tout en bas dans cette catégorie « ouvriers-employés », ce que montre Bourdieu, c'est qu'il y a toutes les chances pour que vous y restiez aussi.

Les chances ? Je lève le doigt aussitôt.

– Attendez, monsieur. Pourquoi ne pourrions-nous pas passer dans la catégorie tout en haut ? « Cadres supérieurs, dirigeants d'entreprise et professions intellectuelles », par exemple ? Ce n'est pas parce que des parents n'ont pas fait d'études que leurs enfants…

Il avait soupiré.

– Mademoiselle, la vie ce n'est pas un conte de fées. La bergère n'épouse pas le prince charmant. Elle épouse le berger. Il faut arrêter de rêver ! On ne sort pas comme ça de son milieu.

Aussitôt, je repense aux fiches de renseignement remplies à l'école depuis le début de ma scolarité : à quoi servent-elles ? Nous, enfants, nous ne retenons qu'une chose, la question qui détourne l'attention et qui angoisse chacun : « Qu'est-ce que tu veux faire plus tard ? » Mais est-ce que l'enseignant compare, met le souhait de l'enfant en parallèle avec la réalité du métier de ses parents ?

Moi, qui ne savais pas du tout ce que je voulais faire dans la vie, d'un coup, j'ai eu une révélation : je ferai mentir ces statistiques et ce professeur qui m'a trompée sur Bourdieu et ses Héritiers, car, moi, j'irai le plus haut possible.

Parce que quand on veut on peut.

CHAPITRE 11

Lili

Les cours se déroulent tranquillement, que ce soit en classe ou dans la cour. Le baccalauréat se profile, mais ne me fait pas peur. Ce que je redoute, cependant, c'est la suite. En terminale, il faut rapidement préparer l'après-bac. Visite du Salon de l'étudiant, journées portes ouvertes de toutes les écoles des environs… Rien. À part la déprime ! Et personne pour aider.

Je ne sais pas exactement ce que je veux faire, mais j'ai cru comprendre que des amies d'amies ont fait des écoles préparatoires. La sélection est sur dossier. Je fais des recherches et j'en repère plusieurs, qui ont la réputation d'être les plus formatrices. Elles sont à Paris.

J'en parle à ma mère.

– Prépa, ça prépare à quelque chose, non ? Ça prépare à quoi, ton truc ? me demande-t-elle, pragmatique.

– Aux grandes écoles.

– Et c'est un métier, ça ?

Bon point.

– On peut faire quoi après ? poursuit-elle.

– Tout, je crois, je murmure.

– Humm… Tu ne vas pas finir chômeuse, au moins ?

Dans le doute, je prends rendez-vous avec la conseillère d'orientation. Elle ne me connaît pas, ne sait rien de mes notes, et n'a pas d'avis sur les différentes options que je lui présente. Après s'être gratté longuement la tête, elle me dit que cette prépa-ci, elle ne connaît pas, mais qu'à l'oreille « ça sonne mieux ». Et ça, « C'est important d'avoir un CV qui sonne bien ».

Désemparée, je me tourne vers un camarade de classe.

– Tu veux faire quoi, alors ?

– Je ne sais pas, j'hésite entre plein de choses.

– Aujourd'hui, qu'est-ce que tu aimes faire ?

– Lire et dessiner.

– Oui, bah, ça, ce n'est pas un métier ! Ce n'est pas comme ça qu'on ramène un salaire et qu'on paye ses pâtes, son loyer et son électricité. La culture, la peinture, la littérature, c'est chômeur, aujourd'hui. La littérature, la philo, c'est la mort assurée. Pas de métier, pas de débouchés, à moins d'être pistonné ou de vouloir finir prof. Tu ne peux pas faire ça, surtout avec ton cerveau.

L'envol

– Alors qu'est-ce que je vais faire ?

– Dans la vie, tu as deux choix : soit tu bosses beaucoup maintenant, soit tu bosses beaucoup plus tard.

CHAPITRE 12

Lili

Alors, j'ai beaucoup travaillé. Et j'ai eu mon bac. Et j'ai décroché une place dans une très bonne école préparatoire. Deux ans ferme. J'avais signé sans avoir aucune certitude que j'avais fait le bon choix.

Gabrielle

– On a eu le bac !!! Avec mention. C'est bien, ma fille. Je suis fière de toi.

On a fêté ça au restaurant. La petite crêperie qu'elle adore. Et on a pris deux coupes de champagne. Ce n'est pas parce qu'on a peu d'argent qu'on doit vivre comme des pauvres.

L'envol

Lili

En obtenant le baccalauréat, j'avais déjà explosé le plafond de verre de ma famille. La suite, c'était plonger dans l'inconnu.

CHAPITRE 13

Lili

Si le choix des options au collège a été notre premier bras de fer… le second a été quand j'ai voulu partir quelques jours avec une amie pour fêter mon baccalauréat.

Gabrielle

Chaque été, ma fille travaillait. Des petits boulots décrochés en demandant à droite à gauche. Elle a été secrétaire médicale dans le cabinet en bas de chez nous ou vacataire à la maison des examens. Elle voulait se frotter au monde du travail, à celui des adultes. Ça me rendait fière. Elle me prouvait qu'elle savait s'adapter, à chaque tâche, à chaque patron, à la vie qui l'attendait. C'était important qu'elle voie qu'il n'y avait pas que le côté intellectuel. Je voulais savoir si elle saurait se débrouiller, si par malheur elle ne trouvait pas de boulot après ses études. Là elle voyait, et je voyais, qu'elle était capable de faire tout et n'importe quoi pour gagner sa vie.

Lili

Je déteste l'expression de ma mère. « Gagner sa vie. » Je ne suis pas sûre qu'on la gagne, qu'on soit gagnant à quoi que ce soit. Nous devrions tous avoir le même salaire et faire ce pour quoi chacun est fait. Vivre vraiment de sa passion.

Bref, après l'obtention du baccalauréat, j'avais prévu de souffler un peu et, avec une amie, nous devions prendre le TGV jusqu'aux Sables-d'Olonne, et y rester deux semaines. Ça a été le « scandale » !

« Mais qui va payer ? Tu ne vas pas te faire inviter pendant deux semaines. Et puis, la pauvre grand-mère, toute seule, avec deux adolescentes, c'est beaucoup pour elle d'un coup. Moi je les connais les petits vieux. Ils disent que tout va bien et, clac ! Ils cassent ! Ils se fatiguent et ils tombent. D'un coup ! Voilà ce qui arrive à vouloir être trop bon. »

J'ai fait intervenir la mère de mon amie. Nous sommes allées chez eux. Une jolie petite maison avec jardin et escalier en bois dans le vieux centre de notre ville.

Ma mère s'est encore plus braquée : « Mais pour qui tu te prends ? Tu imagines qu'il suffit de me convoquer dans une grande maison que je ne pourrai jamais te payer pour m'impressionner, pour me faire changer d'avis ! C'est qui la mère ? C'est toujours moi qui décide, à ce que je sache, et c'est toujours non. Tu crois que moi à ton âge je vadrouillais ? Non, je bossais, je mettais du beurre dans les épinards pour mes parents, et je mettais de l'argent de côté… Tu as la folie des grandeurs, ma fille. »

Ma mère m'aurait plutôt vue travailler tout l'été pour me payer mon permis de conduire.

Elle m'a fait un chantage émotionnel, mais j'y suis allée quand même. J'ai payé mon billet et ma part des courses. Et j'ai transgressé.

Parce que, dans le fond, le problème n'était pas l'argent, c'était que ma mère serait incapable de rendre la pareille. Pas de résidence secondaire, pas de grand-mère à qui confier les filles pour deux semaines. De la pure gentillesse, à qui elle devait dire merci. Et rester redevable. Elle qui ne voulait aucune dette.

CHAPITRE 14

Gabrielle

Ma fille et son permis de conduire ? C'est toute une histoire…

Elle qui a toujours tout réussi, il était temps que, sur un truc pratique, un peu manuel, elle galère enfin. Ce n'est pas gentil, mais je l'ai pensé. Moi, j'ai eu mon code et mon permis du premier coup. Alors, je lui avais mis la pression. Si pour une fois je pouvais réussir un truc et pas elle…

Lili

Déjà, le premier jour, on te met le volant entre les mains – moi je n'avais jamais fait ça, pas même juste roulé sur un parking vide – et on te dit : « Vas-y, on va voir si on part sur un forfait de vingt, vingt-cinq ou trente heures de leçons. »

Je démarre et tout de suite je suis gênée par le pare-brise, mon regard s'arrête au capot, je ne fais que taper la roue sur le trottoir. J'ai le cœur qui bat : pour la première fois de ma vie, je me rends compte que je peux tuer quelqu'un !

Au bout de vingt minutes, je descends de la voiture. Je suis en sueur, rouge comme une tomate, et là, il me dit : « Bon, bah, on est sur un niveau de championne ! On part sur un minimum de trente heures… »

Gabrielle

Je me souviens, elle est arrivée à l'auto-école, comme une fleur, en disant : « Je veux prendre les leçons de code et de conduite en même temps. » Ils lui ont dit : « Ça ne se fait pas, il faut d'abord avoir le code. » Mais Lili, comme d'habitude, a répondu : « Si, si. Moi, je vais le faire comme ça. Sinon, avec les études, je n'aurai jamais le temps. » Ils lui ont demandé de payer sur-le-champ, en précisant que si elle ratait ça lui coûterait plus cher. Elle a payé et ils l'ont inscrite.

Elle a fait le premier test. Elle n'a pas dû être fortiche, ils lui ont mis trente heures.

L'envol

Lili

Le jour de l'examen, j'avais une colle à 11 heures en prépa. Le rendez-vous était à 8 heures. Nous étions trois. L'examinateur demande qui veut passer en premier, les deux garçons regardent leurs pieds, moi je m'installe à la place conducteur. Je n'allais pas attendre sur la banquette arrière et laisser le stress monter.

Cela a très mal commencé. Pour une raison que je ne comprends toujours pas aujourd'hui, l'examinateur refusait de mettre sa ceinture de sécurité, et moi, je refusais de démarrer tant qu'il ne l'avait pas mise.

Nous sommes restés là, comme ça, cinq minutes sur le parking, sans bouger, à se regarder, et à attendre. C'est long, cinq minutes. Je voyais l'heure tourner, ma colle se rapprocher. J'aurais pu céder, mais je ne savais pas s'il me tendait un piège ou si c'était juste un con. Je crois vraiment que c'était la deuxième solution. Il a fini par capituler et nous avons enfin pu démarrer.

Pendant la conduite, je n'ai pas fait d'erreurs, enfin… je crois. Et une fois garée, alors qu'il voulait me faire passer sur la banquette arrière, j'ai demandé à filer, pour ne pas être en retard à mon examen.

Je suis partie sans savoir si je l'avais, mon petit bout de papier rose.

Gabrielle

Bon, bah, ça n'a pas été cette fois non plus qu'elle allait rater un truc, Lili…

En deux mois et demi, elle avait son code et son permis. Tout du premier coup ! Et elle n'a jamais remis les pieds à l'auto-école.

Ça lui aurait fait du bien qu'elle ne se sente pas si puissante, si invincible, toujours à dire : « Mais, Maman, quand on veut, on peut… »

J'avais bien envie de lui dire : « Non, ma fille, la vie, ce n'est pas si facile. Tout n'est pas une question de volonté ou de capacité. » Mais je manquais de cartouches pour lui prouver qu'elle avait tort et elle me démontrait le contraire, à toujours tout réussir.

La vie est injuste, et en même temps, d'expérience, il y a toujours un retour de bâton.

CHAPITRE 15

Gabrielle

Elle a fait sa rentrée en classe préparatoire. En « prépa ! », comme elle dit. Elle est brave, ma fille, elle se lève tôt. Parfois même avant moi. Pour ne pas louper son RER et arriver à temps au cours de 8 heures.

Lili

C'était la première fois que j'allais à Paris pour autre chose qu'une visite à l'hôpital, alors que nous habitions à côté. À peine dix kilomètres. Vingt-cinq minutes de transports en commun. J'aurais aimé éviter les aller-retours, mais payer un loyer était exclu. Alors je vivais toujours chez ma mère.

En arrivant à la capitale, dans la cour de mon lycée, je découvre un monde nouveau. Ils sont tous habillés pareil : ils portent les mêmes pantalons coupe cigarette, les mêmes pulls cachemire col en V, les mêmes sacs de cours sur l'épaule, les mêmes montures de lunettes. Les petits mocassins en cuir ou en daim. La cheville dénudée, même l'hiver. Dans ma classe, il y a surtout des filles. Les cheveux naturels, maîtrisés, souvent lisses. Aucun maquillage, ou alors discret. De toute façon, dans ces milieux-là, on est belle : pas besoin d'artifices. Moins c'est, mieux c'est. D'ailleurs, être trop belle, c'est suspect, alors on ne met pas ses atouts en valeur, car après tout, on ne cherche pas à clignoter comme une voiture volée. On vaut mieux que cela.

Sur le trottoir d'en face, un groupe traverse. Des étudiants de l'École des beaux-arts. Eux aussi ont leur uniforme. Pull extralarge, à grosses mailles, pantalon baggy en lin, Converses usées, tote-bag en coton défraîchi, et grande pochette de carton verte pour leurs dessins. Ils ne me ressemblent pas plus, mais j'ai comme l'impression que j'aurais pu tout autant être là avec eux.

Ne pas se laisser distraire. Je ne suis pas là pour ça. Mais pour travailler.

Je m'assois seule dans la salle de classe. La plupart se connaissent déjà. Ça se toise, s'observe.

Quand le professeur principal fait l'appel, ce qui m'interpelle tout de suite, ce sont leurs noms. Très différents de ceux que j'ai pu entendre toute ma scolarité. Aucune consonance issue d'une double culture, mais beaucoup de particules. Sur près d'un tiers des élèves, les « de » Machin se succèdent, et quand ce n'est plus le cas, ce sont des Archambault, des Baron, des Lépine… On sent que dans leurs familles il y a eu des terres, des châteaux, des titres.

Même mon prénom détonne. Pas dans le calendrier. Et encore, je peux m'estimer heureuse : « Lili, ça passe », me dit-on. Parce que Pierre Perret est passé par là. Cela aurait pu « être pire », entends-je. « Priscilla ou Cindy, ça, c'est vulgaire ! » Comme se faire percer les oreilles, ou se faire tatouer. Vulgaire ! Les décolletés et les vêtements moulants, les minijupes et l'ombre à paupières. Vulgaire ! Et les couleurs en règle générale.

Je me tais, je regarde et j'apprends. *Steal with pride.*

Dès les premiers cours, je suis larguée. Nous le sommes tous, mais j'ai l'impression d'être la plus paumée.

Avant même de commencer son cours, le professeur d'anglais demande qui a déjà fait un séjour linguistique. Et aussitôt, trente-trois bras se lèvent. Seules une autre fille et moi restons les mains sur nos cuisses, à échanger un regard circonspect.

Alors aux pauses, curieuse de comprendre et d'apprendre tout ce qu'ils savent, je m'approche des petits groupes qui se forment. Dans certains, ce ne sont qu'apparence, guéguerres et commérages. Dans d'autres, cela parle littérature, théâtre, galeries d'art, concerts, émissions de radio. Rien que je connaisse.

Le midi, je suis le mouvement. J'écoute silencieusement, retiens les titres des livres dont ils parlent, les films qu'ils viennent de voir au cinéma.

Ce qui me surprend beaucoup à Paris, c'est que mes camarades de classe passent leur temps dans les cafés ou les restaurants. Ils entrent sans réfléchir, pour un oui ou pour un non. Comme s'ils étaient chez eux. Comme si c'était gratuit. Ils ne semblent pas connaître la direction de la cantine universitaire.

Pour moi, c'était une grande première, je ne savais jamais quoi prendre, surtout que je n'aimais pas le café, mais le thé ou le cappuccino coûtaient trois fois plus. « Heu, un expresso, s'il vous plaît. Non, rien d'autre pour moi, merci. »

Ce qui me choque le plus à Paris, ce sont les gens qui font la manche. Dans ma ville, nous sommes peut-être moins favorisés, mais personne ne dort dehors. Ici, à chaque sortie de boulangerie ou de superette, des familles entières tendent la main. Je cherche dans mes poches, je n'ai plus rien : je viens de tout dépenser pour mon sandwich. Et parfois, ce ne sont pas des familles, mais une âme, seule, désabusée, qui ne tend même plus la main. Là, sur son petit matelas, de 80 par 100 centimètres, à même le trottoir, et qui attend. Qui attend que le jour passe. Que la vie passe. Parce qu'il n'espère plus rien de la vie.

Et au-dessus de lui clignote le néon du bar : Happy Hour.

À la fin de ma première semaine de cours, quand je rentre le soir, je suis à la fois excitée, perdue et intimidée. Plus qu'un voyage en RER, je viens de faire mon premier voyage de classes.

CHAPITRE 16

Lili

Un garçon me demande dans quel lycée j'étais avant. Je réponds sans réfléchir. Pourquoi réfléchirais-je, d'ailleurs ?

« Ah, tu viens de banlieue… ? » Silence. « J'aurais pas dit… » ajoute-t-il, comme pour me complimenter.

Certains codes, certaines silhouettes, je les ai intégrés, compris. J'ai même lissé mes cheveux. Les vêtements peuvent faire illusion, mais en fait c'est la façon de les associer qui est cruciale. J'ai beaucoup à apprendre. Beige, grège, lin, taupe. Un nouveau vocabulaire.

Le carré de soie autour du cou, la doublure tartan du trench. Des détails invisibles, discrets, qui veulent juste dire « j'en suis », « nous sommes du même monde », « ce sont nos références communes ». Une bande de plus sur ma basket aurait fait tache. Mais, de toute façon, ici, il n'y avait plus de telles baskets.

Nous nous ressemblons, et pourtant, à un moment donné, comme Cendrillon qui doit partir à minuit, il y a Lili qui doit quitter la fête avant l'heure, pour ne pas rater le dernier RER.

« Pourquoi tu ne l'as pas dit ? » continue-t-il.

Cela ne me serait jamais venu à l'esprit de faire mon « *coming out* social ». Cela ne pouvait qu'être utilisé contre moi pour me discréditer, pour minimiser mon mérite. Je voyais surtout la condescendance, la pitié, l'étiquette négative qui pouvait y être associée. Pourquoi dire d'où je viens ? Pour qu'on m'excuse de certains manquements, de certaines ignorances ?

Aurais-je dû déclarer : « Je viens de banlieue, je suis boursière, je vis en cité HLM, je dois prendre le RER pour rentrer chez moi » ? Au nom de quoi ?

« Mais, en tant que boursière – t'es boursière, hein ? – t'as bénéficié d'une discrimination positive pour entrer ici, alors ! T'es un quota, quoi ? »

D'ordinaire, j'aurais dit « gros con » ! Pourquoi me taisais-je ?

Parce que je me sens fautive. Parce que je ne joue pas à domicile. Parce que ce sont leurs règles du jeu. Parce qu'ils sont en supériorité numérique. Parce qu'ils sont dans leur bon droit. Parce que je suis l'autre.

Alors, je m'en fous des mecs puants comme lui, je vais aller sur *mon* terrain de jeu : je vais travailler comme une acharnée. Plus qu'eux. Et les professeurs jugeront. Ils verront bien, tous, que ce feu, cette force, cette détermination, ils ne l'ont pas.

Je vais m'adapter. De toute façon, j'ai passé ma vie à m'adapter. Je suis un caméléon. Ambidextre. Gauche ou droite, cela m'est presque égal. Pas de préférence. Enfin si, des préférences utilitaires, le pied droit et la main gauche. Plus facilement adaptable que tous les autres. Petite. Déplaçable. Je ne prends pas de place, mais quelle est ma place ?

Ma mère m'a toujours appris que tout travail mérite salaire. Qu'il ne faut pas se faire voler. Tout travail à l'école portera donc ses fruits, fruits que je ne laisserai personne récolter à ma place.

Gabrielle

J'appelle Lili depuis le travail. Je lui ai préparé une petite surprise pour ce week-end. Mais, au son de sa voix, je déchante.

– Pourquoi tu prends tout mal, ma chérie ? J'organise un truc sympa, et toi… Rien. C'est juste que, de temps en temps, on peut avoir envie de se changer les idées… Je ne vois pas pourquoi je dois m'en prendre plein la gueule… D'accord, j'ai compris. Ne m'agresse pas, Lili.

C'était juste une proposition… Mais je vois que c'est pas le bon moment. Donc, faisons simple, j'annule !

Pas facile ces temps-ci, Lili. On ne peut rien lui dire. Susceptible sur tout. Une véritable grenade dégoupillée.

Lili

En cours, tout était nouveau pour moi, stimulant, intéressant. On parlait littérature, peinture, art, cinéma, philosophie. Que des discussions que nous n'avions jamais eues à la maison. J'avais envie de tout lire, tout voir. J'écoutais, prenais des pages de notes, et j'apprenais comme jamais.

Je voulais étudier toute ma vie.

CHAPITRE 17

Gabrielle

On ne se voit plus. On se croise. Pourtant on habite sous le même toit.

Sa lumière est toujours allumée. Le matin, le soir, la nuit. Elle ne fait que travailler. Pourquoi s'use-t-elle la santé ainsi ? Qui lui a demandé d'en faire autant ?

Pas moi.

Lili

Le trébuchement des premiers jours est rapidement une vraie chute. Raide, libre. La marche est énorme, entre le lycée et la prépa, et c'est très violent. Personne ne vous aide. Là, le « toute seule » prend tout son sens. Il faut être chevronnée, la concurrence est difficile. D'ailleurs, pourquoi parlent-ils tous de concurrence, n'est-ce pas une émulation qui devrait être saine ? On dirait que nous nous battons tous pour la même place. Moi, je ne sais même pas ce qu'ils veulent. Je ne sais même pas ce que je veux non plus.

On me remet ma première note. Catastrophique. « Vous n'avez rien à faire ici ! » ajoute l'enseignante. Je sais que cette phrase elle l'a déjà dite à d'autres, je ne le prends pas personnellement. Je serre les mâchoires, continue à travailler. Je ne baisse ni les yeux ni les bras. Mes efforts finiront par payer.

En arrivant en prépa, je voulais apprendre, apprendre, apprendre. J'étais boulimique. Je voulais qu'on m'enseigne des choses parce que j'avais l'impression que j'en avais encore beaucoup à découvrir. Maintenant, j'ai le sentiment de ne rien savoir du tout.

On me fait comprendre qu'il faut que je sorte de ma zone de confort. J'avais pourtant l'impression de l'avoir déjà un peu fait.

On me fait comprendre surtout qu'il faut que j'apprenne à être comme tout le monde. M'acculturer.

Je ne savais pas qu'en *ban-lieue* nous étions au ban de la société. Et moi qui pensais que j'étais juste là pour les cours.

CHAPITRE 18

Gabrielle

Je l'entends, dans sa chambre, se lisser les cheveux en révisant. Je la vois se transformer. Même la radio qu'elle écoute n'est plus la même qu'avant.

Et sa porte qui reste fermée.

Un monde auquel je n'ai plus accès et devant lequel on me claque la porte au nez. « Tu ne peux pas comprendre, ça serait trop long de t'expliquer, de te raconter, ça ne va pas t'intéresser. » Ce n'est pas parce que j'ai arrêté l'école en 5ᵉ que je suis bête. Je comprends les choses, il suffit qu'on prenne la peine de m'expliquer.

Au début, j'ai posé des questions, je montrais que ça m'intéressait, et puis devant le peu d'enthousiasme à me faire entrer dans son nouveau monde, je me suis tue, et je suis restée sur le pas de cette porte.

Avec mes questions. Et nos silences.

Lili

J'étais paumée, et rien n'aurait pu m'aider. Il n'y a personne à aller voir pour demander un rattrapage, un déchiffrage de codes, quand tu as vingt ans de retard. Je n'allais quand même pas raconter cela à ma mère. « Au fait, Maman, je suis en train de me ramasser, je ne comprends rien à rien, toute ma culture ne compte pas pour eux, d'ailleurs ils appellent ça de la sous-culture. »

Je n'avais pas conscience qu'il y avait des films qui valaient plus que d'autres, que des réalisateurs étaient plus cotés que d'autres. Truffaut, pour moi, c'était là où nous avions acheté Jean-Claude, notre première tortue.

Alors, Maman, je t'exclus de ma vie en ce moment, parce que je ne peux pas te protéger de ce que je vis, de cette claque, et surtout parce que en vérité je t'en veux un peu, et que ce serait injuste de te le dire, de te le faire ressentir. Mais Maman, tu ne m'as pas équipée pour la vie que j'allais mener.

CHAPITRE 19

Gabrielle

Une fois, j'ai vu une copie sur son lit (parce que son bureau, elle ne l'utilisait vraiment jamais) et ça m'a fait un choc : elle qui avait toujours été abonnée aux 16/20 minimum, je vois un 8/20 !

Je lui ai demandé ce qui s'était passé. Elle est partie dans sa chambre en me claquant la porte au nez.

Lili

8/20, c'était ma meilleure note de l'année.

CHAPITRE 20

Lili

En français, en philosophie, bref toutes les matières, j'avais des choses à rattraper pour avoir les mêmes références qu'eux. D'accord. Mais en mathématiques ? J'avais toujours eu 20/20, on avait eu le même programme, le même baccalauréat. Pourquoi eux n'avaient-ils pas l'air de découvrir les notions en même temps que moi ?

Et un jour, j'attrape au vol une conversation entre deux étudiants, et je me rends compte de ce que je n'avais pas compris jusqu'alors : avant d'entrer en classe préparatoire, mes camarades ont pris des cours particuliers ! Pour les familiariser, les mettre à niveau. Pour qu'ils n'aient pas de retard au démarrage. Même en anglais, qui était ma matière préférée, si à l'écrit, je m'en sors très bien, à l'oral, je ne peux pas rivaliser avec ce qu'ils ont appris et entendu lors de leurs séjours linguistiques. Et certains y ont développé un accent British parfait. J'en suis jalouse ! J'aurais adoré parler anglais avec un accent meilleur que n'importe quel Français, et surtout qu'on ne puisse pas deviner d'où je viens. Française ? De banlieue ? J'avais un très bon accent, mais pas *posh*. Il y a des choses qui ne s'apprennent que là-bas.

Je ne sais pas si j'aurai des enfants, mais si j'en ai ils grandiront dans un univers bilingue anglais et seront plus royalistes que le roi. C'est ma folie des grandeurs. Cela n'a aucun sens, je le sais, mais j'y tiens.

Ce sont des règles du jeu que je découvre quand la partie est déjà bien avancée, et qui jouent en ma défaveur. Toute la bonne volonté du monde ne suffit plus. Et pour la première fois mes notes sont impactées par des raisons économiques et sociales.

« Quand on veut... » Eh bien, non. On ne peut pas toujours. Et maintenant je sais pourquoi.

Gabrielle

Ma fille perd parfois son sang-froid.

– Ces gros bourges, tous les mêmes !

– Lili, pas de généralités, s'il te plaît. Je ne t'ai pas élevée comme ça.

– Nous sommes dirigés par une mafia qui protège ses intérêts. Et ça me tue ! Rien qu'allemand et latin :

personne ne choisit ces options au collège par envie ! C'est sûr, après coup, je comprends mieux comment se déploie la reproduction sociale.

Il y a des jours où je me dis qu'elle exagère. Et d'autres où je pense qu'elle a raison.

Leur monde, on n'y entrera jamais.

Lili

C'est comme si je m'étais réveillée d'une très longue nuit, et que je m'étais découverte en colère. En colère de tout. De la vie, de ses injustices. Comme si j'avais mis de nouvelles lunettes et que je voyais des choses que je n'avais jamais vues auparavant, des choses que je n'avais jamais soupçonnées. Un prisme nouveau, éclaircissant, me montrait que, tout ce temps, je m'étais fourvoyée. Je comprends mieux l'expression « imbécile heureux ». Savoir peut rendre triste et aigri. Moi, je ne suis ni triste, ni aigrie. Je suis furieuse.

Rapidement cette colère s'est transformée en force. En rage aussi, de leur montrer de quoi j'étais capable. Pendant deux ans, j'ai travaillé à m'user la santé. Pas question de me laisser distraire. Ma seule préoccupation était de réussir, être meilleure.

Meilleure qu'avant, meilleure qu'eux.

Et les professeurs qui continuent un à un à me dire : « Vous n'avez rien à faire ici. » Et ma mère qui me répète : « Arrête, si c'est si dur. »

Ça ne va pas la tête ! Je ne leur ferai pas ce plaisir. Je ne vais pas les laisser entre eux alors que j'y ai toute ma place. Que je ne l'ai pas volée. Je l'ai méritée, même. Donc oui, je dois me lever plus tôt, oui je dois rattraper leurs stages d'été et leurs séjours linguistiques, mais à cœur vaillant rien d'impossible.

Comme dans *Questions pour un champion*. Je reste !

CHAPITRE 21

Gabrielle

Pâques. Une semaine de vacances, et des livres partout. Elle ne veut pas faire de pause. Pas pendant que les autres font des stages pour se remettre à niveau ou prendre de l'avance.

À table, Lili est peu bavarde. Elle boit quelques gorgées, tapote sur la table, reprend une gorgée, le regard toujours bas. Le poing contre la joue, les yeux fixes, au loin, elle inspire profondément.

Quand elle se décide enfin à parler, un reste de trémolos se fait entendre dans sa voix :

– Mon problème, c'est que rien n'a jamais validé mon intelligence.

– Tu as ton bac, quand même. Avec mention, en plus !

– Maman, tout le monde a le…

– Ne termine pas ta phrase, je sens que ça va être désobligeant pour ta pauvre mère.

– Pardon. Ce que je veux dire, c'est que je n'ai aucune preuve que j'ai passé un cap, que cela est acquis pour toujours, et que je peux construire ma confiance et mon avenir dessus…

– De manière à quoi ?

– Je ne sais pas. J'en ai marre de douter. Les autres lisent un énoncé confus et disent « J'ai rien compris, c'est mal rédigé », moi je me dis « Je suis trop bête, je n'ai rien compris ! » Ras le bol de penser que je ne vaux rien, pas autant que les autres, que je ne suis pas au niveau des « vrais ». Ceux qui ont raison, qui jugent. J'aurais besoin d'une tape sur l'épaule, d'un : « C'est bien ce que tu fais. Vraiment. Continue. » De la part de quelqu'un d'important pour moi, quelqu'un que je respecterais, et qui…

– Mais tu ne respectes personne ! Vas-y, donne-moi un nom. Qui ?

Et là, Lili explose de rire.

– C'est vrai !

– C'est donnant-donnant, Lili. Tu ne peux pas leur demander de s'intéresser à toi, si toi tu t'en fous d'eux. Et puis, personne n'a ce pouvoir que tu recherches, personne n'a l'épée pour t'adouber. Alors, fais comme tu as toujours fait, et adoube-toi toute seule !

CHAPITRE 22

Lili

J'ai passé la première année de prépa dans le brouillard, un temps impalpable, une très longue nuit. J'étais en décalage avec le reste du monde. Je ne voyais plus le jour. Un zombie. Nous étions tous des zombies.

Je m'endors dans le RER. Le matin. Le soir. Je loupe ma correspondance. Arrive en retard. Me fais engueuler comme une gamine.

Est-ce une vie ? Je ne mange plus, j'enchaîne les crises d'angoisse. Serait-ce une honte d'abandonner maintenant ? Non. Huit ont déjà rendu leur tablier. Et chaque fois, les professeurs le soulignent : « Vous voyez, ce n'est pas pour tout le monde. Et ils n'avaient encore rien vu ! Parce que le niveau va augmenter, je vous préviens. »

Après m'avoir dit que je n'avais pas ma place, on m'a fait comprendre que ce ne serait pas un échec d'abandonner, « surtout pour moi... ». Que c'était « déjà bien ». D'avoir été admise, d'avoir essayé.

Mais, plus ils essayaient, plus ils décuplaient ma rage. Ils ne me connaissent pas. Moi, je n'ai jamais abandonné, je n'ai jamais baissé les bras. Ils n'ont qu'à continuer à mettre la pression sur d'autres. Moi, jusqu'à la fin de l'année, ils devront composer avec moi. Je pourrai perdre cinq kilos de plus, dormir deux heures de moins par nuit, mais je serai là chaque jour. À chaque examen, je rendrai une copie pleine. Pour ne pas avoir de regret. Pour être allée au bout. Au bout de moi-même.

Mais c'est mon corps qui lâche.

Je chope tout ce qui traîne. La grippe de Noël, la gastro de février, la crève de Pâques. Ils avaient tous raison, j'étais faible, je n'avais pas ma place ici, je ne savais rien sur rien.

Je suis en train de perdre des années de ma vie, au lieu de me trouver « moi ». De trouver mon chemin. La bonne voie.

Au moins, j'ai essayé. Mais continuer n'a plus aucun sens. Tout cela pour quoi ? Pour faire quoi après ? Je n'en sais rien de toute façon. Ma décision est prise : je veux récupérer ma vie.

Quand je vais voir le responsable de ma prépa pour lui annoncer que je quitte la classe, je suis tellement mal que je suis à deux doigts de lui vomir dessus.

Ce sera mon premier échec. Il en fallait bien un, comme dirait ma mère. Je ne lui ai rien dit de ma décision d'ailleurs, mais je sais qu'elle sera contente. Pas que j'échoue, mais que je m'écoute, que je prenne des défis à ma hauteur, à ma portée, ceux qui me rendent heureuse et me mènent sur le bon chemin, celui de la vraie vie et des vraies valeurs.

Le directeur ne me laisse pas parler. C'est son habitude. Il finit les phrases des autres, toujours persuadé de savoir ce qu'on va lui demander.

Il prend la parole, souriant : « Alors, mademoiselle, cela valait la peine de s'accrocher ? »

Est-ce une question ? Le ton de sa voix est monocorde. Est-il en train de m'enfoncer pour me dire : « Tout ça pour ça » ? D'en rajouter une couche pour me faire comprendre que j'aurais mieux fait de lâcher la rampe avant, comme il me l'avait conseillé ? Qu'il m'avait prévenue ? Et sa façon de dire « mademoiselle », parce qu'il ne retient jamais mon nom.

Je serre les poings. Sinon je risque de griffer son beau bureau ou son joli visage.

« Là, c'est tout schuss sur les dernières semaines, et il ne faudra rien lâcher l'année prochaine. Car le niveau va encore monter d'un cran. Je sais que vous en êtes capable, vous nous l'avez montré. Vous prenez les remarques en compte, travaillez dur. C'est bien, mademoiselle. Si vous poursuivez vos efforts, vous réussirez vos examens. Quels concours souhaitez-vous passer ? Je suppose que vous voulez mon assentiment ? »

Je ne sais que répondre. Je ressors du bureau avec une liste de quatre écoles. Quatre écoles qui sont dans mes cordes.

Selon lui.

Le lendemain je retourne en cours et je termine l'année. Mais depuis que je suis ici j'ai perdu quelque chose : la confiance. La confiance en mon propre jugement, en mes capacités aussi.

Ce qui était mon socle, ma fondation, ma confiance en moi, surpuissante et enfantine, n'existe plus. Plus rien n'est solide. Je me rends compte que c'est comme si j'avais bâti mon existence sur des sables mouvants. Ma vie peut s'écrouler à tout moment.

L'envol

Désormais, j'avance à l'aveugle. Je me retiens de tout. De vivre. D'être celle que j'étais. Je lutte contre ma nature. Et je m'use et m'éteins. Alors que je ne demande rien. Je ne recherche qu'une chose. Ma liberté.

Et mon irrévérence passée.

CHAPITRE 23

Lili

Le temps de l'été, beaucoup ont décidé d'abandonner. Ils nous ont mis une telle pression, avec leur classement. Faut pas être dans les derniers, sinon ils te sapent le moral, t'usent jusqu'à la corde, jusqu'à ce que tu craques. C'est très dur psychologiquement. L'écrémage était déjà impressionnant mais là c'est l'hécatombe.

J'ai enfin compris les règles du jeu. Un jeu où personne ne gagne jamais, en fait.

À présent que le directeur m'a parlé de ces quatre écoles, je me pose moins de questions et les mois passent plus vite. La fin de cette torture se rapproche. Dès février nous ne travaillons plus qu'à une chose : réussir les concours. Mon objectif est devenu clair, viser les meilleures écoles, celles à la sortie desquelles les employeurs font la queue pour nous embaucher. Mon sésame vers l'emploi. Pour éloigner ce risque de chômage qui pèse sur les insomnies de ma mère.

Gabrielle

Je suis contente que cette galère de prépa se finisse bientôt. Qu'elle puisse revivre et respirer, ma fille. Même sourire, juste sourire. Et dormir.

Tout ça pour un travail… franchement ! Il y en a plein, des métiers où on n'a pas autant besoin de se torturer.

Quand elle me parle de ces quatre écoles possibles, je ne comprends rien. Que des sigles et des choses qui ne donnent pas envie. HEC, ENS, Sciences Po… D'emblée, j'ai un avis très tranché :

« Sciences Po ? Pourquoi ? Tu veux faire de la politique, toi maintenant ? »

Ça serait bien le genre de ma fille, ça, que de vouloir être présidente. Bien être la première surtout. Tout en haut. Pour décider.

Bon, c'est vrai, je ne savais pas que toutes ces écoles étaient aussi… cotées ! Je ne connaissais rien à rien. La seule chose que je lui disais, petite, c'était :

« Toi, avec ton cerveau, tu feras Polytechnique ! » Et quand elle me demandait : « Qu'est-ce que c'est ? », j'étais bien obligée d'admettre : « Je ne sais pas trop…

C'est mon père qui me disait : “Avec toi, c'est sûr, on sait que tu ne feras jamais Polytechnique !” Donc, ma Lili, ça doit sûrement être une école où ne sont admis que les meilleurs. La crème de la crème. Comme toi. »

Moi, de toute façon, j'aurais préféré qu'elle fasse médecin ou avocat. On en a toujours besoin. Ou alors électricien ou plombier… Mais bon, le sens pratique, ce n'était pas trop son truc à Lili !

Lili

1 500 euros pour s'inscrire aux concours des écoles dont on m'a parlé ! Il me faut décrocher une des quatre. Pas le choix. Et à court d'argent, je fais l'impasse sur le filet de sécurité que m'offrait l'ajout d'écoles supplémentaires, réputées plus « faciles ».

Après les examens écrits, je paie encore mon tgv pour aller passer les épreuves orales dans les écoles les plus lointaines. En allant sur place, on se rend compte que certaines atmosphères sont plus respirables que d'autres. Et en même temps, si j'obtiens la meilleure, celle où tout le monde espère entrer, je ne peux pas renoncer pour une question d'ambiance.

Quand, en entretien de sélection finale, je m'entends parler de mes passions – du dessin ! – et de mes jobs d'été, parce que je n'ai rien d'autre à dire, je sais que c'est perdu. Sortir du lot, ce n'est pas ce qu'ils recherchent.

Gabrielle

Elle est prise dans les QUATRE ! Je ne me faisais pas vraiment de souci : elle a toujours réussi tout ce qu'elle entreprenait, ma fille. Non, ce qui m'angoisse, c'est qu'il y a des écoles près de chez nous, où elle pourrait rester vivre à la maison. Et d'autres…

CHAPITRE 24

Gabrielle

Ma fille a été acceptée dans trois écoles proches de la maison, et une très loin. Et devinez laquelle elle a choisi d'intégrer ?

Je me suis toujours dit « Elle va aller loin, ma fille », mais je n'y avais jamais pensé au sens propre !

Après, c'était l'école qu'elle voulait par-dessus tout. Je ne sais pas si c'est la plus prestigieuse, celle qui sera la plus impressionnante sur son CV, mais c'était la seule, parmi les quatre, qui proposait la formation en alternance. C'était indispensable pour elle. Pour nous. Car c'est son entreprise qui paiera deux années d'école sur trois.

Seulement je le sais, une fois que l'on commence à partir pour ses études, c'est fini, c'est l'engrenage, l'enfant ne revient pas. Pas une fois qu'il a goûté à sa liberté, à son indépendance. Au fond de moi, je surprends une pensée que je refrène : « J'aurais préféré qu'elle ne soit pas prise. » Mais je me tais et je finis par lui dire ce qu'elle attend et mérite.

« Bravo, ma fille, tu es la plus forte. Je suis fière de toi ! »

CHAPITRE 25

Lili

Quand j'annonce à ma mère que je suis reçue là-bas, elle reste d'abord silencieuse, mais je la connais par cœur et je vois bien qu'elle est dans tous ses états. Et puis, rapidement, son naturel angoissé reprend le dessus.

– C'est trop loin. Comment vas-tu faire ?

– L'argent ne sera pas un problème, je suis boursière.

– Mais où vas-tu vivre ?

– En tant que boursière, je suis prioritaire pour les chambres d'étudiantes en cité U.

Tout cela, je n'en sais rien, je brode, je mens, je rassure comme je peux.

– T'inquiète, Maman, il n'y a pas de problème !

L'envol

Gabrielle

Avec Lili, rien n'est jamais un problème.

Sauf lorsqu'on découvre le montant qu'elle doit débourser en quelques jours.

– 6 800 euros ! Ils sont fous ! dit-elle. Pour un an seulement !

– Depuis quand l'école est-elle payante ? dis-je, tombant des nues.

– Comment vais-je faire, moi ?

– Je vais te prêter cet argent.

– Ça ne va pas la tête, c'est ton argent, tu as économisé toute une vie pour, c'est hors de question !

– Et tu vas faire comment ?

– Comme tout le monde, je vais demander un prêt à la banque…

– Tu sais ce que j'en pense, ma chérie…

– Oui, ne jamais dépenser l'argent que l'on a pas.

– Je ne te laisse pas le choix, Lili, je te le donne. De toute façon, il faut bien que ça serve à quelque chose, l'argent de côté. C'est vrai que je n'aurais jamais imaginé que les études puissent être payantes…

– Tu ne te rends pas compte, Maman : il y a l'école, et puis il me faut un ordinateur. Imagine, si ta voiture tombe en panne, comment vas-tu faire sans argent de côté ?

– Mes jambes, elles ne sont pas fatiguées de marcher. Et puis personne n'est jamais mort de prendre les transports en commun.

Silence.

– Merci, Maman. Par contre, je te préviens. Ton argent, je te le rends. Il n'est pas à moi. Dès que j'aurai un salaire avec mon apprentissage, je commencerai à te rembourser, et avant la fin de l'école je t'aurai rendu jusqu'au dernier centime.

– Tu n'as pas à le faire. Ça me fait plaisir de te payer tes études.

– Je sais, mais ce n'est pas pour toi que je le fais, c'est pour moi : je ne veux pas t'entendre dire jusqu'à la fin de ma vie : « C'est moiiiiii qui lui ai payé ses études ! » Je te connais trop bien, Maman !

CHAPITRE 26

Lili

L'obtention de la bourse a été une véritable galère. L'administration, c'est vraiment une phobie pour moi. Et là, en plus, ma mère m'a laissée me débrouiller absolument seule. Je crois qu'elle avait le secret espoir que je baisse les bras et que je ne parte pas. Pas si loin.

Heureusement que j'avais l'historique de mes bourses.

On m'a confirmé que j'avais droit à une aide d'un peu plus de 400 euros par mois, sur dix mois.

Et pour ma chambre d'étudiante, cela a été le parcours du combattant. C'était l'été, les étudiants avaient tous déguerpi, et les nouveaux arrivants ne commençaient l'université qu'en octobre. Donc quand j'appelais pour obtenir des informations personne n'était là pour décrocher, alors que moi j'arrivais tout début septembre. Quand enfin j'ai eu quelqu'un, on m'a alloué une chambre provisoire, en attendant que mon dossier soit validé. Le provisoire est devenu le définitif. On m'octroyait une chambre de neuf mètres carrés pour 180 euros par mois.

Et avec mes 400 euros, c'était le début de la liberté.

Gabrielle

J'ai fait ma petite enquête sur sa « grande » école, et je suis tombée sur un reportage qui suivait quelques élèves pendant trois ans. Je ne sais pas comment était sa « prépa », mais je me rends compte que, là où elle va mettre les pieds, c'est très « bon chic bon genre », par rapport à chez nous. Elle va se faire lyncher, ma fille !

Lili

Je me débrouille toute seule pour mon grand départ, mais je pense beaucoup à elle qui va rester. Seule pour la toute première fois de sa vie. Je sais d'avance qu'elle va me dire : « Mais ne t'inquiète pas, j'ai ma vie, mes amies. » J'aimerais que ma mère ait quelqu'un en dehors de moi, j'aimerais qu'elle vive pour elle, qu'elle arrête de m'attendre. Parce qu'un jour je ne rentrerai pas à la maison.

CHAPITRE 27

Gabrielle

Lili est en train de faire sa valise. Je ne veux pas l'aider. Ne peux pas surtout.

« Je crois que j'ai fini », crie-t-elle soudain.

J'entre. Deux énormes valises sont ouvertes.

« Il n'y a plus qu'à les fermer. On le fait ensemble ? » dit-elle avec son plus joli sourire. On s'assoit sur la première : j'appuie et elle tire la fermeture Éclair. Puis, fronçant les sourcils, elle détaille le pull moutarde à grosses mailles que je porte.

– J'adore ton pull. Tu ne veux pas me le donner ?

– Ah non, Lili. Celui-là, j'y tiens.

– Allez, ce n'est pas tous les jours que je veux te piquer une fringue…

– N'insiste pas, il est à moi et je le garde. T'en as plein, des pulls. Allez, on ferme la deuxième valise et on va se coucher ! Demain, on a de la route.

L'envol

Lili

Ma dernière nuit dans mon lit d'enfant. Avant d'enfin partir.

Ce départ, je l'ai tellement attendu. J'étais éperdument convaincue qu'il fallait que je parte, qu'il fallait que je m'éloigne. Depuis toujours je ne travaillais qu'à cet éloignement. Je brûlais de partir. C'était vital.

Au mur, je regarde les marques que faisait ma mère au crayon pour me mesurer. Il y a la sienne aussi. Et aujourd'hui, je l'ai dépassée. En taille et en études.

Je redéroule ces dernières années, tout ce que j'ai traversé pour arriver à ce jour. Au petit matin, je sombre enfin dans un court sommeil, entourée de mes peluches, mes frères et sœurs de papier veillant sur moi. Pour la dernière fois.

Pas de mélancolie, de peur, de tristesse, d'appréhension, juste la sensation, la certitude que tout va être différent désormais. Mais cela sera toujours pour le mieux. Pour le meilleur.

Ma mère a mis son réveil hyper tôt. Elle veut que je prenne un ours en peluche. J'ai 20 ans quand même ! Elle insiste, nous allons être en retard. Et puis, arrivées en bas, la voiture refuse de démarrer.

L'envol

Gabrielle

La voiture qui me lâche alors qu'elle avait besoin de moi. J'en étais malade ! Inutile encore. Peut-être était-ce un signe ? Un acte manqué. Il ne fallait pas qu'elle parte. Mais elle est partie quand même. C'est un voisin qui l'a déposée à la gare. J'étais morte d'inquiétude à l'idée qu'elle monte seule dans le train avec ses deux énormes valises. Avec sa vie dedans. Sa vie sans moi.

Moi qui suis une vaillante, qui ne flanche jamais, j'ai senti que c'était trop. Trop d'un coup. Je me suis couchée dans son lit et j'ai attendu. Attendu qu'elle m'appelle pour me dire : « Bien arrivée. »

TROISIÈME PARTIE

CHAPITRE 1

Lili

Ma chambre à moi.
Je crois que c'était le plus beau jour de ma vie.
Liberté, liberté chérie !

CHAPITRE 2

Gabrielle

Tu sors du boulot, tu rentres à la maison, et elle n'est pas là. Je n'ai plus son regard sur moi. Ses mots pleins d'amour : « Mets cette robe, Maman, tu es jolie dedans. »

Qui pour me dire encore que je suis jolie ?

CHAPITRE 3

Lili

Dès le week-end suivant, sa voiture tout juste réparée, ma mère est venue me voir. Chez moi.

J'avais préparé des croque-monsieur. C'était spartiate, l'une assise sur le lit, l'autre sur la chaise de bureau, avec nos serviettes de table sur les genoux, mais c'était bon. Pourtant, c'était une grande première. Je tenais à lui montrer que j'étais capable de faire autre chose que les gaspachos et rondelles de saucisson que je m'enfilais toute la semaine.

– Il fait froid dans ton pays. Ils ont prévu de vous mettre le chauffage ?

– Au mieux, mi-octobre. Quand les autres étudiants rejoindront la résidence.

– Et tu as trouvé l'entreprise pour ton apprentissage ?

– Non, pas encore, et cela me stresse. Ils ont tous des touches, ont appelé des proches, des connaissances, et pas moi.

Ma mère a sorti des affaires de son grand cabas de courses. D'abord un grand paquet emballé.

– Un cadeau ? ai-je demandé.

J'ai ouvert. Des vêtements de chez Tara Jarmon et Sandro. Jamais nous n'avions franchi le seuil de ces boutiques. Ni pour moi, ni encore moins pour elle.

– Non… Pourquoi as-tu dépensé autant ? C'est trop cher, Maman !

– J'ai profité de ma prime d'été. Je me suis dit que maintenant que « Madame » lit *Le Monde*, a-t-elle dit en zieutant le journal qui traînait, et qu'elle va côtoyer le gratin… il faut au moins ça !

– Maman, ils m'ont admise ainsi, ils me prendront comme je suis.

– Les professeurs, peut-être, mais tes camarades ?

– Mais non, tout va bien. Arrête de t'inquiéter pour rien !

Ma mère a remis le paquet dans son sac, entre déception et soulagement, puis a continué à déballer ce qu'elle avait apporté.

– Je t'ai apporté tes crayons et ta peinture.

– Si tu crois que je vais avoir le temps…

Silence.

– Pardon. Merci, Maman. C'est très gentil d'y avoir pensé, je les avais oubliés.

Je ne les avais pas pris exprès. Pour ne pas me disperser.

– Attends, ne bouge pas, ai-je ajouté en prenant une feuille.

– Ah non… Fais pas ça !

Je n'avais même pas besoin de regarder le papier. Ma main connaissait ses traits par cœur.

– Arrête de bouger, Maman ! Tu l'as bien cherché. Si tu m'apportes mes crayons, c'est bien pour que je les utilise. Et puis, il faut décorer tous ces murs verts.

Je la fixais pour la dessiner, et elle n'était pas à l'aise.

– Je ne me reconnais toujours pas : elle est bien plus belle que moi. En tout cas, tu n'as pas perdu la main, ma Lili. C'est magnifique.

Au moment de partir, ma mère a essuyé une larme et, quand je l'ai vue, j'ai eu du mal à contenir mon émotion. D'habitude, je ne pleure pas. Encore moins devant les autres.

Mais là, nous savions toutes les deux que c'était triste. De se séparer. De rester seules avec nos deux solitudes. Alors nous nous sommes autorisées. À pleurer. Un peu. Comme deux pantins, les bras ballants, loin l'une de l'autre, sans oser s'approcher ou se prendre dans les bras, car nous savions qu'après nous n'arriverions pas à nous séparer.

Et puis elle est partie.

Après son départ, je suis restée près de mon téléphone à attendre son appel. Pour être sûre qu'elle était bien arrivée.

Et sur mon lit, j'ai trouvé, bien plié, son pull moutarde, qu'elle m'avait laissé.

CHAPITRE 4

Gabrielle

Sa chambre d'étudiante... Oh mon Dieu ! Quand j'ai vu ce truc-là, comme c'était moche et lugubre ! En plus, elle qui a horreur du vert, elle tombe sur une chambre verte ! Il y avait toutes les couleurs possibles, et elle, elle a le vert moche. Je n'ai rien contre le vert, mais là, même moi... Et puis, les joints du lavabo, j'en ai encore des frissons dans le dos. Horrible !

Mais Lili avait arrangé ça : elle avait mis de jolis rideaux violets et quelques objets auxquels elle tenait. Elle avait essayé de donner une âme à cet endroit. Et ce n'était pas gagné avec cette tour de béton, ses vingt-quatre chambres par étage, et ses longs couloirs qui n'en finissaient pas. Elle avait la « 801 », tout en haut, avec vue sur rien. Juste à côté de l'ascenseur, à l'opposé des douches et des cuisines. Il n'y avait personne là-dedans. On aurait dit le motel hanté d'*Hotel California.*

Lili

Les autres élèves habitaient deux types de logements différents.

Une minorité avait choisi la résidence attenante à l'école, qui proposait de vrais studios ou T2 avec cuisine et salle de bains, dont la superficie – et donc les loyers – dépassaient mes moyens.

Les autres vivaient dans des appartements payés par leurs parents, en plein centre-ville.

Ceux qui partageaient ma résidence étaient des étudiants d'université, ils avaient grandi dans l'agglomération ou sa proche banlieue, ils étaient également boursiers et venaient tous de milieux modestes.

Dans ma cité universitaire, j'étais donc la seule de mon école. Mais je m'estimais chanceuse. Parce que presque personne n'arrivait à décrocher ces chambres.

CHAPITRE 5

Lili

Dès les premiers jours d'école, je comprends où j'ai mis les pieds. Là, nous ne sommes plus dans la finesse proustienne. Ce n'est plus la culture de l'élite germanopratine. Ici, les seuls mots d'ordre sont l'argent et le pouvoir. L'aigreur aussi d'être dans cette école, et pas dans celle que Papa espérait.

Si la prépa était le pays des particules, la grande école est l'empire des fils de grands patrons. Même s'il n'y a pas qu'eux, ce sont eux qui parlent le plus fort. Je les entends égrener les pires aberrations : « Ça sert à rien de travailler, d'aller en cours. De toute façon, le diplôme, on l'achète. » Ça me rendait dingue de les entendre dire : « Les cours, c'est de la merde. Nous, on va faire la fête. » Pour eux, le plus important, c'était d'avoir été admis.

Moi, je comptais bien user les bancs des amphis pour apprendre au maximum. Je ne venais pas à l'autre bout de la France pour m'amuser, me faire un réseau, ou buller. Les 6 800 euros que j'avais arrachés à ma mère, je devais en être digne.

La chose qui m'inquiète, ce sont les travaux en groupe et les notes collectives. Je vais faire le dos rond, faire semblant que ça ne me pose pas de problème que certains travaillent plus que d'autres. Et tenir trois ans.

Dès la fin des cours, ils prennent tous le bus, direction le centre-ville. J'esquive, un tour aux toilettes, et je file dans l'autre direction. Vers ma cité U.

CHAPITRE 6

Lili

Week-end d'intégration. Tout un programme. Bizutage, open bar, jour et nuit, et soirée élection de miss. Sois belle et tais-toi. Boire des coups, vomir, traiter les filles comme des objets. Devoir se dénuder pour défiler devant des mecs habillés.

– Tu ne te mets pas en maillot de bain ?

– Non, merci.

Je ne dévoilerai pas mon corps paysan, ce serait dévoiler qui je suis.

Le sentiment de ne pas être à ma place n'a jamais été si grand. Et surtout, j'ai l'impression d'être seule à ressentir cela. À analyser ce que chacun cache, ce que chacun fait pour se mettre à son avantage, d'écouter ce qui ne se dit pas, plutôt que de profiter. Et c'est presque plus cela qui me fait honte, de ne pas arriver à m'intégrer. Ils ne sont pas tous méchants, ne pensent pas à mal. Ils me prendraient sûrement comme je suis. Mais j'ai trop à perdre. Plus que les autres. Alors je reste à distance. À observer la « fête », plutôt que de la vivre.

Sur la piste, ça danse le rock'n'roll, à deux. Qui fait encore ça de nos jours ? On m'invite. Pierre-Henry, Charles-Édouard, Amaury, Enguerrand, des prénoms que je n'ai jamais entendus de ma vie. Je décline. Je n'ai pas appris à danser à deux.

Soudain, la musique s'arrête. Résonnent deux notes, et là, tout le monde se met à hurler. Ils lèvent les bras et ferment les yeux pour vibrer encore plus intensément.

Je ne comprends pas. Mais, eux, collectivement, ils ont eu la même réaction, comme s'il y avait eu une répétition générale dans leur vie, et qu'ils savaient qu'il fallait se comporter ainsi sur cette chanson. Ou alors, ils sont réellement en transe, chacun, individuellement, et c'est la chanson de leur vie ? Michel Sardou ? Vraiment ?

C'est censé être populaire et même ça je ne comprends pas.

Alors je pense à ma mère, avec sa tranche de jambon et sa feuille de salade. N'est-elle pas plus heureuse ?

L'envol

Gabrielle

Quand je l'ai au téléphone, j'entends au son de sa voix qu'elle est emballée par son école. Au moins, cela me console de notre séparation. Elle est partante pour tout : elle fait déjà du sport, elle s'est inscrite au week-end d'intégration, elle a trouvé des amis. Comme si elle avait fait ça toute sa vie. Toujours bien dans son élément, à s'adapter hyper vite.

Ma fille, quoi !

CHAPITRE 7

Lili

Taire certaines choses, oui ; par contre, ne jamais mentir. Je n'avais rien à cacher. Ma présence ici, je ne l'avais pas volée. Alors à la question « Et tes parents, ils font quoi ? », j'ai toujours répondu sans détour. Je savais juste que la suite de la conversation allait faire pschitt, que, de ces éléments, mon interlocuteur n'allait rien pouvoir faire, qu'il n'aurait rien à en dire, qu'il ne saurait pas comment rebondir, et qu'en plus potentiellement j'allais oublier de lui retourner la question, car c'était bien la dernière chose qui, moi, m'intéressait.

« Ma mère ? Auxiliaire de vie. »

Mais combien se sont aussitôt retournés, ont fait volte-face et ne m'ont plus adressé la parole de l'année ? Le sentiment mitigé se révélait rapidement réciproque.

L'envol

Et puis, il y en a eu un plus direct que les autres. Moins hypocrite ou plus idiot, voire méchant, qui a lâché :

– Ah, donc toi, tu es une transfuge ?

– Une quoi ? ai-je dit.

– Tes parents sont personne, quoi !

CHAPITRE 8

Lili

Je ne suis la fille de personne.

Dans ce monde, je découvre qu'il y a des parents qui comptent et d'autres qui ne comptent pas. Et moi qui étais effrayée à l'idée de ne pas savoir quoi dire sur mon père… Finalement, c'est le métier de ma mère qui semble poser problème !

Comme pour tout dans ma vie, quand je suis désarçonnée, pas sûre de comprendre, un seul refuge : mon dictionnaire.

« **Transfuge** : Qui abandonne son camp, passe à l'ennemi ; déserteur, traître, dissident, qui fuit, qui renie, qui trahit un groupe, une cause. »

Mais je ne suis pas du tout ça, moi ! Je n'ai pas trahi pour rejoindre le camp adverse. Je n'appartiens pas à leur monde, je ne les fréquente même pas, seule dans ma cité universitaire.

J'aurais même eu honte de leur ressembler, de ne parler que de qui ils connaissent, ou de leurs dernières dépenses. Quand j'entendais « J'ai refait la cuisine de l'appartement », au début, je les reprenais : « Heu pardon, tu as *fait refaire* la cuisine, non ? » Ils ne comprenaient pas pourquoi je les corrigeais, eux ne voyaient pas la différence.

Et c'est moi qui devrais avoir honte de qui je suis ? Mais ma seule honte, c'est de ne pas pouvoir les sauver.

CHAPITRE 9

Gabrielle

Ma fille ne se confie plus. « Elle gère », comme elle dit, et ce n'est jamais bon signe. Je suis sûre qu'elle me cache des choses.

Lili

Je garde tout pour moi.

Je ne lui dis pas que dans ma cité universitaire je me fais emmerder par des mecs qui frappent à la porte de ma chambre toute la nuit, que ma carte bleue est bloquée, que je me suis fait voler mon sac, que je me suis pris une amende dans le bus, alors qu'il ne me restait plus que 10 euros pour finir le mois.

Je ne lui dis pas non plus que j'ai attrapé la grippe, que j'ai 40 °C de fièvre depuis trois jours, que je suis allée voir le médecin, un sale type qui, pour être certain que c'était une grippe, m'a palpé longuement les deux seins.

Alors, oui, quand elle m'appelle, je ne dis pas grand-chose. Heureusement qu'elle n'a que le son et pas l'image.

– Ça va ?

– Ouais, j'ai juste une petite crève.

Si elle me voyait… Clouée au lit, avec des mouchoirs partout par terre, un bol de soupe lyophilisée entre les mains, en pyjama avec, sur le dos, le pull chaud qu'elle m'a donné.

Gabrielle

J'avais bien conscience que je ne pourrais pas l'aider financièrement quand elle serait là-bas. Et elle ne voulait pas de mon aide d'ailleurs. Mais après un mois sans elle à la maison, je me suis rendu compte que je dépensais moins, et pour moi, il était juste que ces économies lui reviennent.

Je lui ai même présenté les choses en allant sur son terrain, en lui prouvant par A plus B, avec des chiffres et des statistiques, que je lui devais 195 euros par mois. Je lui ai montré qu'en cas de divorce un parent séparé reversait à son enfant 13,5 % du salaire net, là, ça a ouvert une brèche. 195 euros. Elle n'était pas contre.

C'était à peu près ce que j'avais économisé. J'ai voulu arrondir à 200 euros, elle a refusé. Puis a tout refusé en bloc. Comme d'habitude. « Toute seule. »

Lili

Hors de question d'accepter le moindre argent de ma mère. Je ne peux pas reprocher à ces fils de riches d'être des assistés et ensuite accepter son sacrifice, alors qu'elle n'a déjà rien. Je ne pourrais plus me regarder dans la glace.

C'est décidé, je vais prendre un travail à côté. Et cet apprentissage que je ne trouve toujours pas…

CHAPITRE 10

Lili

J'avais appris par ma mère « À Rome, fais comme les Romains ». Alors, je me mets à penser comme les autres, et je finis par me sentir à peu près dans mon élément.

Je les ai côtoyés en cours, j'ai ri, passé du bon temps, et j'ai même fait des fêtes avec eux. D'ailleurs, on ne dit pas « On boit l'apéro ? », mais « On prend un verre ? » Et on ne le prend pas à coups de Ricard à 18 heures tapantes, parce qu'on l'a bien mérité. Non, on sirote un spritz ; à l'occasion, une coupe de champagne. Et en soirée, on s'autorise une folie en piochant dans la caisse des alcools forts de Papa. Du bourbon ou du cognac, souvent dilué dans du Coca ou du jus d'orange premier prix.

La plupart des soirées se déroulaient en dehors du cadre de l'école, dans leurs appartements hauts de plafond, avec moulures et cheminées, qui étaient loin de ressembler à l'immeuble dans lequel j'avais grandi ou à ma chambre verte avec son unique fenêtre en alu. J'aurais adoré avoir le même appartement bourgeois et moi j'en aurais pris soin. Je n'aurais laissé personne écraser des mégots sur le parquet en point de Hongrie, ni y faire des trous de talons aiguille, ni y déverser son verre de Villageoise. Et je n'y aurais pas organisé de fête à soixante personnes. J'y aurais fait des dîners, nous y aurions bu du bon vin et nous y aurions mangé finement. Et surtout, j'y aurais mis de jolis meubles et des tableaux aux murs. D'ailleurs, je savais déjà quel serait le premier tableau. Souvent je passais Rue Royale devant une galerie. Je faisais même des détours pour m'arrêter devant la vitrine. J'y restais longtemps, à contempler un petit tableau, un portrait qui me rappelait quelqu'un.

Parmi les étudiants de l'école, les plus sympathiques sont ceux qui, comme moi, cherchent un apprentissage. Nous nous retrouvons parfois, après les cours, pour faire du sport. Mais parmi eux, je n'en vois aucun qui se demande s'il va prendre un emploi en plus de l'école pour boucler le mois.

Pour la plupart d'entre eux, l'argent sortait du distributeur. Pour moi, c'était le mouvement inverse. Je le remplissais.

D'ailleurs, je me souviens la première fois que j'ai eu un compte en banque et que j'y ai déposé un billet de 100 euros – le seul que j'aie jamais eu, je l'avais gagné après avoir été serveuse dans un mariage d'amis, quand j'avais 15 ans –, j'avais oublié de mettre sur l'enveloppe le numéro de compte à créditer. J'ai pleuré tout le week-end, tout le lundi, et le mardi, quand je me suis rendue à la première heure au guichet, ils m'ont dit : « Pas de problème, on vous croit, mademoiselle : ça ne nous arrive pas souvent d'avoir un billet abandonné comme ça ! »

Pour ma recherche d'alternance, j'ai passé plusieurs entretiens. Soit pour des entreprises qui ne m'intéressaient pas vraiment, soit pour des postes qui n'étaient pas mon premier choix. Je suis en lice avec deux autres candidats et j'attends que le téléphone sonne. Quand je retourne sur le site des offres en alternance : plus aucune offre ! Elles ont toutes été attribuées. J'appelle une camarade qui, il y a deux jours, était dans le même état de nerfs que moi.

– T'es pas au courant de qui l'a eu ? Et comment ? me dit-elle.

Que le poste soit pris par meilleur que moi, normal. Qu'il soit attribué à quelqu'un qui n'en a pas besoin financièrement mais qui souhaite asseoir son expérience professionnelle, aucun problème. Mais là…

J'hallucine quand je comprends que celui qui a été retenu a joué de l'argument « pauvre Cosette » en racontant que, dans sa famille, ils se sont faits seuls, qu'il vient d'une lignée de paysans et d'ouvriers. Mais ce n'est pas vrai ! Au mieux, il s'agissait de ses grands-parents, pas de ses parents. Et de lui, encore moins. C'est notoirement connu dans l'école. Il a même un sacré réseau. Ils peuvent s'aider les uns les autres, se renvoyer l'ascenseur – ah celui-là, il marche bien.

Il se dit d'un milieu « simple », « modeste », mais ce n'est pas la modestie qui va l'étouffer !

J'enrage de cette dépossession, cette confiscation, cette appropriation. Il faut être malhonnête pour vouloir être félicité pour un parcours qu'on n'a pas eu. C'est vraiment n'avoir rien comme argument, aucun talent sur lequel compter, aucun travail sur lequel s'appuyer, pour en arriver là. J'en suis presque triste pour lui.

Un vrai transfuge ne chercherait pas à le dire. Mais plutôt à le dissimuler, pour éviter d'être catalogué. Moi, je ne le dirai jamais. Je veux être prise pour celle que je suis, pas pour d'où je viens. Je ne demande pas la charité. Je ne pensais même pas qu'il existait un avantage, une valeur, à ce statut, dont on puisse tirer profit. Il vient de me prouver le contraire. Lui devient le « méritant », et moi, la dernière des connes.

CHAPITRE 11

Lili

Je vais faire comme d'habitude : me débrouiller. Démarcher les entreprises qui m'intéressent, envoyer des CV au culot et espérer. Qui ne tente rien n'a rien. Je repars de zéro, et rapidement j'ai une touche. Mais je ne m'emballe pas. Surtout que, sur le papier, ce travail coche tous mes critères. Je ne vois pas comment rêver mieux. Je ne vois pas non plus ce que je vais bien pouvoir leur apporter.

Je patiente. Des semaines.

Quand enfin, un après-midi de décembre vers 16 heures, ils m'appellent pour me confirmer que j'ai le poste, j'ai envie de hurler, de sauter au plafond, mais je les remercie poliment, puis raccroche.

J'appelle aussitôt ma mère.

« Je ne réalise toujours pas, Maman ! Toujours pas ! C'était vraiment le job dont je rêvais, et là, il vient à moi. L'apprentissage parfait, tombé du ciel. Pour une marque de luxe, en plus ! »

Gabrielle

Je suis contente qu'elle ait trouvé, mais elle me fait peur avec son « luxe ». Comme un petit papillon de nuit, privé toute sa vie de soleil, et attiré par la lumière. Par tout ce qui brille.

CHAPITRE 12

Lili

J'avais décroché un apprentissage en or, que j'avais trouvé toute seule en envoyant une dizaine de fois mon CV à tous les recruteurs possibles de cette énorme entreprise. C'était le job de mes rêves, celui que l'administration de mon école serait fière de reconduire l'année suivante. Et par-dessus le marché, cet apprentissage, s'il se montrait concluant, pouvait déboucher sur un CDI en France ou à l'étranger. Que demander de plus ?

Au moment de récupérer ma convention d'apprentissage, les choses se corsent. C'est une entreprise avec laquelle l'école n'a jamais collaboré, et elle demande six semaines de présence en plus. L'école a refusé, mais je vais insister.

Je n'ai pas d'autre choix que de trouver une solution. La débrouille, je l'ai toujours eue. Demander à changer les règles, je l'ai appris ici.

Six semaines de cours de langue – trois semaines d'anglais et trois semaines d'allemand – pouvaient être épargnées si, à la place, je passais directement l'évaluation. C'était d'habitude réservé aux bilingues. Je me suis inscrite pour les deux examens du mois suivant.

En anglais, j'ai eu 15,5 sur 20. Pour l'allemand, où j'étais moins sûre de moi, il me fallait 4,5 sur 20. Ce n'était pas un défi impossible, mais j'ai quand même révisé comme une folle. Il s'agissait d'un oral. L'entretien n'est pas des plus chaleureux, et j'apprends que l'examinatrice d'allemand m'a mis 4,25 ! Alors qu'elle savait la note minimale dont j'avais besoin.

Pour 0,25 point, je ne validais pas le cours, ni ces trois semaines dont j'avais besoin, et donc je ratais mon offre d'apprentissage, et les deux années payées par l'entreprise.

Mes nerfs ont lâché.

C'était petit. C'était vraiment histoire de dire « On aurait pu te le donner, mais non. Tu vas faire tes trois semaines d'allemand, comme tout le monde, parce que, là, le niveau n'y est pas. Et l'allemand, c'est plus important qu'un travail. »

Je suis rentrée chez moi. Et j'ai craqué.

J'ai attrapé mes cours et ai tout déchiré, j'ai arraché les dessins au mur, pris mon dictionnaire et ai gribouillé des dizaines de pages, avant de les déchirer. De tout déchirer. Et j'ai ouvert la fenêtre... Et j'ai tout balancé.

Tout était humide et flou. Les feuilles voletaient lentement. Comme des confettis. Et la solitude qui n'en finissait pas d'anéantir ma vie.

CHAPITRE 13

Lili

Le lendemain, je ne suis pas allée en cours. Première fois de ma vie que je « sèche ».

J'ai demandé à rencontrer le directeur de l'école. On m'a expliqué qu'il était très occupé et que ce n'était pas possible d'avoir un rendez-vous avant un mois. Alors, j'ai attendu devant son bureau. J'aurais tenu six mois devant cette porte s'il l'avait fallu. Le pauvre n'a pas dû comprendre la furie qui s'est abattue sur lui alors qu'il sortait tranquillement pour aller aux toilettes.

« Monsieur ! C'est un contre-sens aberrant. Je ne demande pas d'exception, pas de traitement de faveur. L'ambition de l'école n'est-elle pas de nous donner accès au monde de l'entreprise ? Qu'est-ce que trois semaines d'allemand vont changer ? Pourquoi un tel acharnement à un quart de point près ? Comment vais-je payer les deuxième et troisième années si l'école me met des bâtons dans les roues ? Votre rôle n'est-il pas de… »

Je l'ai usé, le directeur a abdiqué, et l'administration a arrondi ma note à 4,5. Ce qui validait mon crédit d'allemand et ma convention d'apprentissage.

Les deux années en alternance pouvaient commencer.

CHAPITRE 14

Lili

Je rentre quelques jours à la maison pour les fêtes de fin d'année. Ma mère : « Tu veux tes chaussons ? », alors qu'ils m'attendent déjà sagement et sentent bon l'adoucissant. « Tu veux un verre d'eau qui pique ? », verre qui est déjà prêt lui aussi et qu'elle me tend aussitôt.

Depuis de longues minutes elle guette mon arrivée derrière la fenêtre, puis derrière l'œilleton. Toujours, elle me laisse sonner avant d'ouvrir, même si elle est derrière la porte. Et toujours aussi, elle la referme à clé juste après mon arrivée, parce que « C'est bon, on n'attend plus personne ! »

– Alors, vas-y, assieds-toi. Ça va, ma fille ? Tu veux te laver les mains, passer aux toilettes ? Comment s'est passé le trajet ?

Elle n'utilise jamais le mot voyage.

– Tu as faim ? Je te prépare quelque chose ?

Je n'avais jamais vraiment faim, mais je disais toujours « oui ». Et elle était heureuse.

Gabrielle

Ma fille. Je la retrouve enfin ! J'aurais aimé qu'elle reste plus longtemps, mais elle doit déjà repartir la semaine prochaine travailler pour son entreprise.

Au moins, on se croise un peu.

CHAPITRE 15

Gabrielle

Avec cet apprentissage et ce nouveau milieu qu'elle côtoyait, Lili a commencé à changer. C'était imperceptible au début, mais je voyais bien qu'elle se coiffait différemment, elle s'habillait différemment, elle se maquillait différemment. Puis, elle s'est mise à porter des marques inabordables, à parler sur un ton que je ne lui connaissais pas.

Lili

J'avais envie que l'on croie que j'appartenais à ce milieu. Je ne voulais pas faire tache. Était-ce un signe que j'aimais cet univers ? Je ne sais pas. J'essayais de comprendre ce monde, les liens entre les gens, les non-dits. Le syndrome de l'imposteur était terrible. La bonne élève en moi ne savait plus rien. Doutait de tout.

En vrai, cela faisait longtemps que ce syndrome avait commencé. En prépa, sans doute. Et mon erreur, c'est que cela ne dure pas quelques années, mais toute la vie.

Gabrielle

J'ai toujours enseigné à ma fille qu'il fallait respecter tout le monde, quels que soient son métier ou sa réussite scolaire.

Là, j'ai eu peur. Elle dérivait. Je ne la reconnaissais plus. Mois après mois, tout au long de ces deux années dans le luxe, j'ai senti que je la perdais.

Parce que, partie comme elle était partie, avec sa réussite scolaire et professionnelle, elle aurait pu se croire sortie de la cuisse de Jupiter ! Il était hors de question qu'elle devienne tout ce à quoi nous n'aspirions pas.

Pas ma fille.

Lili

J'avais beau gagner mon propre salaire et rembourser ma mère tous les mois, des divergences sur l'argent, sa valeur et la manière de le dépenser sont apparues. Pour mon anniversaire je me suis offert un tableau. Celui que j'avais observé des mois, celui qui avait été enlevé de la vitrine depuis longtemps, celui pour lequel j'avais osé pour la première fois de ma vie entrer dans une galerie. C'était une sacrée somme, un peu plus de 300 euros.

– Mais ce tableau, il ne fait que tableau ou il clignote aussi ?

– Comment ça ?

– Bah le cadre, est-ce qu'il s'allume, avec des néons ou des leds ?

– Non, Maman, c'est une œuvre d'art. Il fait juste « tableau »...

– Tu l'aurais fait toi-même qu'il aurait été plus joli. Et ça ne t'aurait pas coûté autant. Combien tu dis que tu as payé pour ça ?

Silence.

– Est-ce que tu te rends compte que moi avec 300 euros, je remplis un caddie pour manger pendant un mois ? Tu es complètement déconnectée de la réalité, ma fille. Tu balances l'argent par les fenêtres. Ça me déçoit.

Nous ne nous comprenions plus.

– Mais, j'ai le droit quand même. C'est mon argent, j'en fais ce que je veux. Et puis tu sais bien que l'art a toujours été important pour moi !

– À partir d'une certaine somme, dépenser, c'est indécent. C'est juste pour afficher que tu as les moyens, et que les autres non ! Qui tu cherches à impressionner comme ça ? Ta mère ? Tu veux prouver que tu vaux mieux que moi ? Que tu vaux mieux que le milieu d'où tu viens ? Mais c'est un truc d'apparence, ma chérie. « Moi, j'ai un tableau d'un artiste connu »... Ne te prends pas pour qui tu n'es pas ! Tu n'es pas eux et tu ne le seras jamais. Que ça te plaise ou non, on est tous égaux, et nul ne vaut plus qu'un autre. Même toi !

– Ma réussite, je ne l'ai pas volée.

La claque est partie aussitôt.

– Celle-là non plus, tu ne l'as pas volée ! Tu sais, ce ne sont pas tes diplômes ou ton argent qui vont m'impressionner. Le jour où tu m'impressionneras vraiment, on en reparlera.

– De toute façon, on ne vit plus dans le même monde, Maman. On ne vivra plus jamais dans le même monde.

CHAPITRE 16

Lili

Le week-end prochain, c'est ma remise de diplôme. Je ne sais pas si ma mère va venir : nous ne nous sommes pas parlé depuis des semaines. Nous ne nous étions jamais disputées comme cela auparavant.

Gabrielle

C'était la guerre. On ne s'appelait plus. J'attendais que Lili redescende de son piédestal. Qu'elle retrouve son humilité. Et qu'elle formule des excuses en bonne et due forme. Même si, la connaissant, ça risquait d'être long.

Lili

Quand j'arrive, je ne la vois d'abord pas. Puis, cachée dans un coin, je reconnais sa silhouette. Elle est là ! Elle est venue…

Je la regarde, l'embrasse.

– J'adore cette robe.

– Je sais.

– Tu es jolie, Maman.

Quand elle traverse la salle, je ne la quitte pas des yeux. Pourquoi marche-t-elle voûtée, tête baissée, les yeux à l'affût, longeant les murs, comme si elle était arrivée en retard et qu'elle ne voulait pas se faire remarquer ? Comme si elle ne voulait pas déranger ?

Je la vois échanger un très rapide bonjour avec des parents qu'elle croise avant de s'asseoir et leur adresser un sourire gêné, sans les regarder dans les yeux.

Gabrielle

Je suis lucide. Tous ces parents et moi, on ne vient pas du même monde. J'ai peur d'entrer dans ce milieu, de ne pas dire ce qu'il faut.

Il faut les voir, les parents entre eux. Il y a quelque chose de très mondain, champagne, petits-fours, proposés par des serveurs. J'aurais pu être de ceux-là, moi.

L'envol

Même si j'ai évidemment mis ma tenue la plus élégante, et mes chaussures à talons loin d'être confortables, je sais que je vais détonner à cette cérémonie.

Déjà, tout le monde est en couple, moi je viens seule, sans mari. Ils sont bien habillés, bien coiffés, à se demander s'ils ne sont pas allés faire un brushing. On ne dirait pas non plus qu'ils ont transpiré dans le RER ou dans le train. Je les écoute parler, je me rapproche pour essayer de m'intégrer, mais je ne comprends rien du tout. C'est-à-dire que je comprends bien qu'ils parlent de leurs prochaines vacances à l'étranger, mais je ne vois pas comment participer.

Il y en a qui sont venus avec leur photographe professionnel. J'hallucine ! Moi ce sera mon vieux portable. Et ce sera très bien aussi.

Elles sont toutes belles, les femmes ! Des jambes longues, bronzées, minces, élancées.

Dans sa robe, ma fille est sublime. Elle leur ressemble, on ne pourrait pas dire, rien deviner.

Lili

Personne ne le sait, mais c'est une robe de solderie à moins de 25 euros. C'est encore la bonne longueur, pas trop boulochée, elle fait son effet.

Et mes cheveux domptés. J'ai appris dès le premier jour que la détresse capillaire trahit les ploucs.

Ma mère a toujours respecté l'institution scolaire. Même si elle n'en garde que de mauvais souvenirs. Elle ira toujours dans le sens de l'enseignant, du directeur. « L'école, c'est sacré, c'est important. Et à eux, les maîtres, on leur doit le respect. » Mais l'école l'a-t-elle respectée en retour ? Lui a-t-elle donné une chance ? Sa chance ? Je ne sais pas.

Je regarde les autres parents. Oui ma mère est différente, mais elle vaut mieux qu'eux, et ils ne le savent pas. Elle vaut mieux que moi, et elle ne le sait pas non plus. Si quelqu'un s'avise de se moquer d'elle, de faire la moindre remarque déplacée, le moindre sourire en coin, je lui arrache les yeux.

Gabrielle

La cérémonie a mal commencé. Le directeur de l'école a fait un discours auquel je n'ai rien compris. Que des mots bizarres, des acronymes, du jargon, des chiffres, bref il s'adressait à lui, pas à nous, parents. Encore moins à moi.

L'envol

Lili

Quand les étudiants diplômés ont commencé à monter sur scène, ma mère trépignait en attendant mon tour. Elle était à deux doigts de mettre la main sur le cœur. On aurait dit le parent d'un athlète qui vient d'être sacré champion olympique, et qui pleure et chante plus fort que son enfant sur le podium.

Gabrielle

Puis Lili est montée sur scène.

CHAPITRE 17

Lili

Quand je suis passée devant le micro, je n'ai pas réfléchi. J'ai senti que tout ce qui était resté en travers de ma gorge depuis tant d'années devait en sortir.

« Je m'appelle Lili. Ma mère est auxiliaire de vie, elle partage son temps entre les ehpads et les visites à domicile, à faire les soins, la toilette ou le ménage des personnes âgées. Elle a arrêté l'école en 5e et n'a pas fait d'études. J'ai grandi dans une cité HLM d'un quartier populaire de la banlieue sud de Paris et je suis boursière.

Je ne serais pas devant vous aujourd'hui si ma mère ne m'avait pas, un jour, mis un livre – à l'envers – entre les mains, si un adulte ne m'avait pas traitée d'effrontée, si le fils d'un employé de ma mère ne m'avait pas demandé de me taire, et si un professeur ne m'avait pas dit que ma place ne serait jamais ici. Alors, ma place, je l'ai cherchée. Longtemps. Pour être tout à fait honnête, je ne suis pas certaine qu'elle soit ici, parmi vous, mais je sais que cette place je ne l'ai pas volée. Et ce diplôme non plus.

Pourtant, quand on est issu des classes populaires, tout ici est fait pour nous rappeler que nous sommes différents. Que vous le voyiez ou non, que ce soit conscient ou non, tout nous exclut. Tout est là pour nous rappeler que nous ne sommes pas à notre place. Certains osent même nous le dire droit dans les yeux. Je ne me plains pas et n'ai jamais demandé de passe-droit ou de quota. Même si aujourd'hui j'en arrive à penser qu'un minimum de 15 % de boursiers ne serait pas du luxe.

Nous sommes tous façonnés par notre nom, par notre histoire. Mais dans ma famille, nous n'avons pas d'histoire. Pas de légende de l'aïeul contée mille fois, à sa gloire, à notre gloire à tous. Pas de héros ou d'acte héroïque. Pas de médaille du Mérite, pas de Légion d'honneur. Juste des gens ordinaires, morts avant d'avoir été quelqu'un. Et ils sont restés personne. Nous sommes restés personne. Alors je vais la débuter, notre histoire familiale.

Il y a toujours une femme derrière un grand homme. Derrière une grande femme aussi.

Sa mère. Une femme qui a donné tout son amour pour que son enfant ait une confiance invincible et qu'il puisse se surpasser.

Aujourd'hui est un peu la médaille qu'on ne donne jamais à la mère pour son travail de l'ombre.

Ma mère est dans la salle, et je ne sais pas si elle est fière de moi, mais moi je suis fière d'elle. Ce diplôme, Maman, c'est notre première médaille à nous. Et, parce qu'il n'y a pas d'amour, qu'il n'y a que des preuves…

Maman, ce discours est pour toi. »

CHAPITRE 18

Lili

Ce beau discours, il est resté au fond de ma gorge. Et de ma poche.

Avec ma honte, ma lâcheté et mes regrets.

Et en partant, ma mère m'a dit : « J'espère que je ne t'ai pas fait trop honte. »

Cette phrase a fini de me briser le cœur.

CHAPITRE 19

Gabrielle

Avec Lili, on est ressorties de là la tête haute. On n'est pas restées longtemps après la cérémonie. Je n'étais pas très à l'aise.

Sur le chemin du retour, on est restées silencieuses. L'euphorie était retombée. Moi, je repensais à tous ces parents, qui avaient dû emmener leurs enfants dans les meilleurs restaurants, peut-être même étoilés, tandis que ma fille, elle, avait droit à son petit quartier et à sa mère.

– Qu'est-ce que tu veux faire, ma chérie ?

– Rentrer à *la maison*.

– Un plateau-télé. Et je mets *Questions pour un champion*.

– Non, j'aimerais voir ton film préféré. Celui où tu pleures chaque fois à la fin.

L'envol

Lili

Je n'aurais pas voulu autre chose pour ma soirée. Nous deux, autour de nos croque-monsieur. Notre truc spécial à nous, celui qui nous ressemble. Nous aurions pu prolonger avec un film au cinéma, mais nous n'y avons pas pensé. Ni l'une ni l'autre. Au champagne non plus d'ailleurs.

Je me couche et me demande : « Est-ce que tout cela valait vraiment la peine ? »

CHAPITRE 20

Gabrielle

Pendant quelques jours, Lili est restée à la maison. On a repris nos petites habitudes. Et j'ai retrouvé ma fille.

Lili

Être à la maison. Tout est identique, et pourtant tout semble différent. Comme figé. Comme si l'horloge avait cessé de tourner.

Je retrouve l'odeur de chez moi. Celle du linge propre qui sèche dans la salle de bains. Les chaussons, mauves et dorés, « vieux comme Hérode » dirait ma mère, mais qui sentent si bon. Comme ses produits dans la salle de bains, que je ne peux m'empêcher d'aller renifler : sa crème pour les mains, son parfum. Et il y a toujours ses boules de coton colorées. Son luxe à elle.

Dans le salon, sur le buffet, un « autel » avec des photos de moi à tous les âges, mes dessins encadrés comme des œuvres d'art. Sur le canapé, deux plaids, le léger et le chaud, que l'on met sur les pieds. Et, à côté, le programme télé coché. Mais je sais que ce soir, le programme, c'est moi qui le choisirai.

Quand je pénètre dans ma chambre, rien n'a changé. Il y a toujours le papier peint rose à petits nuages, la frise qui a été ajoutée on ne sait pourquoi, et la serrure de la porte de la chambre qui n'a jamais eu de clé et n'a jamais pu être verrouillée. La vue de la fenêtre me semble différente : les arbres ont poussé, des maisons se sont ajoutées, du béton a été coulé sur le parking, des bacs à poubelles s'alignent désormais, les voitures paraissent plus rondes et plus grosses que dans mon souvenir, et les lampadaires font une lumière plus franche, moins jaune et faiblarde que celle de mon enfance et qui me plaisait pourtant bien.

Sur les étagères, quelques livres aux pages ocre, aux caractères d'imprimerie démodés, aux couleurs passées, des sudokus à moitié faits, et des journaux intimes autrefois cachés sous le matelas, ou au fond des tiroirs.

Quand je me couche, le lit me semble plus petit, avec son cadre qui empêche de faire dépasser les pieds. Les ressorts du matelas se plantent dans mes hanches, l'oreiller est trop plat, la couette d'adolescente trop bariolée, mais toujours mieux que celle d'enfant, avec ses personnages de dessins animés. Mais le sommeil vient d'un coup. L'on s'endort comme un enfant, en laissant ses soucis sur le pas de la porte. Ici c'est une grotte, ils ne peuvent pas venir me chercher, me trouver dans ce sanctuaire. Ici, je n'ai que des problèmes de copines à l'école, de mauvaises notes à un contrôle, de journal intime qui a glissé de sa cachette, de CD rayés qui ne s'écoutent plus, de stylos qui fuient, de crayons à tailler et de taille-crayons qui ont disparu, de papiers tous utilisés alors qu'on avait envie de faire un nouveau dessin. De scotchs qui ne tiennent pas sur le papier peint et de posters qui s'écroulent en pleine nuit. Rien de très important ou de très grave.

Le matin, l'odeur du pain grillé me tire du lit. Je salive déjà à l'idée du beurre qui fond sur la tartine encore chaude. Au pied de mon lit, ma mère a déposé sa robe de chambre rose pâle, très chaude, que je mettais parfois le matin quand j'étais enfant et qui était mille fois trop grande. Je marchais dessus, comme un fantôme, les manches larges manquaient de tremper dans le bol de chocolat. Aujourd'hui, elle me va bien.

Dans la cuisine, elle m'attend. Elle sait que je ne suis pas du matin, qu'il ne faut pas me sauter dessus dès le réveil. Alors, c'est moi qui engage la conversation. Et elle soupire :

« Je ne t'ai pas dit. Ils ont envoyé ma voiture à la casse. »

Titine. La voiture de ma mère. Notre voiture. Celle sur laquelle j'ai conduit seule pour la première fois. Notre 106, bleu marine délavé, bichonnée, dont les fauteuils sont toujours restés raides. Comme neuve. Après douze ans de bons et loyaux services.

Et au rétroviseur, elle avait enroulé un collier de perles que je lui avais offert pour la fête des Mères.

Gabrielle

Ça m'a fendu le cœur lorsqu'ils m'ont dit qu'ils ne pouvaient pas la réparer. Que c'était déjà bien douze ans pour une voiture. Moi qui ne mens jamais, je leur ai dit : « J'ai oublié quelque chose dans la boîte à gants, j'en ai pour cinq minutes. » Mais je n'avais rien oublié. J'avais juste besoin de lui dire au revoir.

Je sais que c'est ridicule d'être bouleversée pour une voiture. Mais c'était *notre* voiture. Mes souvenirs de bons moments avec ma fille. À qui je disais au revoir aussi.

Un temps qui ne reviendra pas.

CHAPITRE 21

Gabrielle

Elle m'annonce qu'elle m'invite au restaurant. Je crois qu'elle a quelque chose à m'annoncer. Peut-être a-t-elle rencontré quelqu'un ? Il serait temps. Mais depuis quand a-t-on besoin de sortir de chez soi pour se dire les choses importantes ?

Tout le repas, je tends des perches, elle esquive, me fait patienter et, au dessert, elle se lance.

– Maman, je ne t'ai pas dit… j'ai trouvé un travail.

Je retiens ma déception.

– Ah… C'est merveilleux, ma fille. Félicitations !

– L'entreprise dans laquelle j'ai fait mon apprentissage m'offre un gros poste.

Silence.

– Mais pourquoi tu fais cette tête ? Ce n'est pas le travail que tu voulais ?

– Si, si, je suis contente.

L'envol

– Contente ou heureuse ? Parce que ce n'est pas pareil !

Silence.

– C'est à Londres.

Silence.

– À Londres ?

– En Angleterre, Maman.

Silence.

– Mais ça ne s'arrêtera donc jamais ?!!

CHAPITRE 22

Lili

Elle se braque. Je savais qu'elle serait peinée.

– Ils ne peuvent pas t'offrir un travail ici ? Il n'y a pas de jobs en France ? À Paris ?

– C'est compliqué.

– Non, ce n'est pas compliqué : tu dis non !

Silence.

– Je ne peux pas refuser.

– Pourquoi ? Tu as ton diplôme, maintenant. Tu n'es plus obligée de rien.

– C'est plus compliqué que ça.

– Ne pars pas. Pas si loin. Pas encore !

Silence.

– C'est ton choix ou le leur de t'envoyer là-bas ?

– Le mien. C'est leur siège européen.

Silence.

– C'est ça qui te rend heureuse ? D'augmenter toujours plus la distance qui nous sépare ? Et maintenant, il faut mettre la mer entre nous ?

– Maman, je ne veux pas avoir fait tout cela pour rien.

– C'est ton rêve, Londres ? D'ailleurs, c'est quoi ton rêve ? Je ne sais même plus. Gagner de l'argent ? Appartenir à leur monde ? Tu veux oublier d'où tu viens ? Et m'oublier aussi ?

Je continue, mais elle ne m'écoute plus.

– C'est deux ans, Maman. Rien que deux ans. Ça va passer vite !

– Parle pour toi… Tu sais que pour d'autres…

– Maman… Ma décision est prise. J'ai besoin de tes encouragements, pas de tes remontrances. Et puis, tu viendras me voir.

– Moi, là-bas ? Je ne parle même pas anglais !

Silence.

– Et tu n'as pas répondu à ma question : est-ce que ça va te rendre heureuse ?

Je ne sais pas. Ce qui est sûr, c'est que je ne fais pas cela pour l'argent. Il me faut simplement consolider ce diplôme, saisir les opportunités qui se présentent maintenant, les paris que certains prennent sur moi, qu'ils ne prendront pas deux fois. Que je mette la première pierre sérieuse sur mon CV.

Pour avoir une carte bleue que je peux tendre aux commerçants avec l'assurance que « si, si, ça va passer », une boîte aux lettres que je peux ouvrir sans avoir une boule au ventre.

Pour être libre. Pas comme toi.

Gabrielle

Quand je me couche, les idées tournent dans ma tête. Et une obsession : ça y est, je l'ai définitivement perdue. Si son avenir, c'est d'être comme eux, se mêler à eux, parler leur langage, je ne ferai plus jamais partie de sa vie. On ne ressemble pas à ça, nous.

Enfin, moi. Elle, je ne sais plus.

Lili

Transfuge, je le suis peut-être bien. Trahir les siens, un groupe, une cause.

La vie est une succession de trahisons. Trahir l'enfant que l'on était, trahir son rêve, trahir sa mère, trahir son sang, trahir les siens, trahir le chemin par lequel nous sommes venus, trahir ses origines, ses aspirations, ses fantasmes. Trahir pour se conformer. Aux attentes des autres, de la société, du rôle qui nous a été assigné. En un mot, échouer. Échouer à être fidèle à l'enfant que l'on était. Et l'accepter.

Sommes-nous obligés de trahir ? Je ne sais pas. Mais je sais que j'ai besoin de partir. Quitte à encore la faire souffrir.

Gabrielle

J'ai prié jusqu'au bout de la nuit.
Reste !

Lili

Je suis partie quand même.

QUATRIÈME PARTIE

CHAPITRE 1

Gabrielle

Deux ans. Sept cent trente jours…
Ça va être long.

Lili

Ma mère me connaît bien. Quand elle m'appelle, elle ne me demande pas : « Comment vont les amours, tes amis ? » Sa première question est toujours : « Ça va le travail ? »

Je ne suis même pas sûre qu'elle comprenne très bien ce que je fais. Heureusement qu'elle me voit travailler, réfléchir, m'arracher les cheveux, car je l'ai quand même entendue dire un jour : « C'est beaucoup d'efforts, beaucoup de temps pour pas grand-chose quand même ! »

Effectivement, je soigne peu les gens.

Gabrielle

Depuis des mois, pas de nouvelles. Un message par-ci, par-là. Mais ça, ce n'est pas une relation. Pas la relation d'un parent avec son enfant.

Deux ans, comme elle dit, « c'est rien ». Mais, ma chérie, en vrai, ça ne passe pas vite. Et puis, ne sois pas trop bonne dans ton travail, parce qu'à tous les coups ils vont vouloir te garder.

Le plus dur, c'est de ne plus faire partie de sa vie d'adulte. Elle est trop occupée, n'a pas le temps – encore moins pour moi. Alors, j'attends. Je prends mon mal en patience. Parce que je sais qu'un jour elle reviendra, ma fille.

Lili

Il ne se passe pas un coup de fil, pas un week-end ensemble sans qu'elle me glisse « Pense à un enfant ! Ne tarde pas trop quand même, tu sais que passé un certain âge… » Un certain âge !!!? J'ai 25 ans ! Bizarrement, elle me parle beaucoup de bébé, mais pas beaucoup du papa avec qui le faire. Moi je n'ai qu'une réponse pour elle. Surtout pour l'embêter.

– Maman, tu as été intelligente, tu n'as fait qu'un enfant. Moi, je serai très intelligente et je n'en ferai pas du tout.

– Tu verras bien ma fille, tu as le temps.

D'un seul coup, là, j'ai le temps…

Gabrielle

Deux ans que je raye chaque jour sur mon calendrier. Elle va rentrer, mais elle ne m'en parle pas. Il faut lui tirer les vers du nez. Si j'ai bien compté, son contrat s'arrête à la fin du mois.

– Alors quoi de neuf ?

Silence.

– J'ai rencontré quelqu'un…

– Mais c'est formidable, ça, ma chérie !

– Oui, cela fait un petit moment que nous sommes ensemble et… Je suis trop heureuse, Maman !

– Il faut que tu me le présentes !

– Oui, surtout que… Nous allons nous marier.

Je m'entends répondre :

– Je suis contente pour toi, Lili.

J'essaie de me dire que c'est normal, que c'est la vie, qu'il faut s'habituer, que les plans de nos enfants ne correspondent jamais aux nôtres. Mais, là, c'est le coup de massue !

Elle va s'installer définitivement là-bas…

L'envol

Quand, où, avec qui : je n'ai rien entendu. La seule chose que je comprends, c'est qu'elle ne reviendra pas.

CHAPITRE 2

Lili

Mon amoureux et moi. Deux mondes, socialement et culturellement, différents.

Quand nous nous sommes mis ensemble, je lui ai forcément dit que ma mère m'avait élevée seule, qu'elle n'avait pas fait d'études et que j'avais grandi en banlieue parisienne. Je le lui ai lâché comme ça, en passant.

Comme si cette information ne le concernait pas et ne changeait rien à rien. Comme si cela n'allait pas expliquer tant de choses, de différences, de quiproquos. Comme si cela n'allait rien changer pour lui non plus, de passer deux jours enfermés dans une tour HLM, sans espaces verts, sans pouvoir sortir, ni faire grand-chose. Comme si cela n'allait jamais être un sujet de disputes.

Gabrielle

Ils sont venus me voir. Elle était en robe-tailleur, on aurait dit Kate Middleton. Lui avait mis un costume. Ils détonnaient : c'est vrai qu'ici, si tu croises quelqu'un en costume-cravate, tu te dis qu'il va à un mariage, pas qu'il revient du boulot. Ça a dû lui faire bizarre de venir dans notre quartier. Il doit beaucoup l'aimer, ma fille.

Lili

Les choix de ma mère ne sont pas les miens et la vie de ma mère ne sera pas la mienne. Je me suis toujours juré de ne pas reproduire son histoire. Moi, si j'ai un enfant, il grandira avec ses deux parents. Nous ne nous séparerons pas. Je mettrai toutes les chances de mon côté. Après, la vie fera son office. Et il y aura des choses que nous pourrons influencer, d'autres non.

Gabrielle

L'amoureux de ma fille. Pile et face. Le feu et la glace. Il est impassible, tranquille, ne s'énerve jamais, bref, c'est une crème. Elle, un rouleau compresseur. Pourvu qu'il ne se fasse pas « rouleau-compresser »…

L'envol

Quand Lili vient me voir en RER, je la laisse toujours faire les dix dernières minutes à pied. Je suis sûre que ça lui plaît de renouer avec sa vie d'avant. C'est le trajet qu'elle empruntait pour aller à l'école primaire. Sa petite madeleine. Elle doit mesurer le chemin parcouru.

Lili

Ma mère, elle abuse parfois. Je rentre exprès la voir, chargée comme un baudet, avec ma valise pleine d'attentions et elle ne prend pas sa voiture pour venir me chercher à la sortie du RER, qui est à quinze minutes de marche de chez elle. On ne se sent vraiment pas attendue. Alors que cela fait plus de six heures que je voyage, depuis chez moi en Angleterre. Des passeports à montrer, des métros, des trains, des RER.

Un jour, j'arrêterai de galérer, je prendrai un taxi. Mais chez nous, des taxis, il n'y en a pas.

CHAPITRE 3

Lili

Dans sa famille, ils sont gentils et prévenants. Nous discutons littérature, peinture, théâtre. Pour mon anniversaire ou à Noël, ils m'offrent des places à l'Opéra – *Le Barbier de Séville*, *Madame Butterfly* –, des classiques – *L'Écume des jours*, *Le Petit Prince* –, ou un abonnement papier au *Monde*.

À table, les discussions me passionnent : « As-tu vu la dernière pièce de Wajdi Mouawad ? Et qu'as-tu pensé du dernier Lola Lafon ? Il y avait un article dithyrambique dans le journal sur l'expo Soulages ! L'as-tu lu ? »

C'est la première fois que je trouve des gens comme moi. Pour qui le cœur bat des mêmes émotions.

Tous les dimanches midi, un couvert est dressé pour nous deux à leur table. Nous nous voyons souvent :

90 % de mon temps libre, je le passe dans sa famille, 10 % dans la mienne. Sachant que mon temps est déjà à 90 % travail et 10 % loisir.

Gabrielle

Ma fille a appris à être à l'aise avec ces gens-là. À son travail, à l'étranger, à la table des plus aisés. En toutes circonstances en fait.

Lili

Aux vacances d'hiver, je suis invitée dans le chalet familial. Le ski est quelque chose de sérieux pour eux. Tout est millimétré : réveil, location, équipement, forfait. Cela ne ressemble pas vraiment à des vacances.

Je suis la seule à ne pas savoir skier. Je m'y mets avec application. Je fais rapidement des progrès, mon compagnon est un professeur patient. Quand nous skions tous ensemble, je vais le plus vite possible, mais ils passent leur temps à m'attendre et à peine les rejoins-je qu'ils repartent. Je suis en apnée, très concentrée, loin de prendre le moindre plaisir.

Le père d'un de ses cousins issus de germains – expression que je découvre d'ailleurs – me dit :

L'envol

« Quelle idée de se mettre au ski à 25 ans ! Mais pourquoi ? »

Il a raison. On ne rattrape pas non plus vingt ans comme cela.

CHAPITRE 4

Lili

M'a-t-il déjà dit : « On s'en moque d'où tu viens ! Cela ne change rien pour nous. Je t'aime comme tu es ! » Sûrement.

Mais venir d'ailleurs et être parmi eux, cela changeait tout pour moi. Cela expliquait tant de choses. De décalages, de gênes, de retenues.

Pourquoi, quelle que soit l'activité dominicale, est-ce que je me sens ignorante ? À ne pas savoir reconnaître les girolles des chanterelles, les ceps des bolets. Ne pas savoir plonger ou pêcher. Ne pas être capable de randonner pendant de longues heures. Ne pas pouvoir faire de balades à vélo hors des pistes plates et goudronnées. Ne pas savoir jouer au tennis. À rester sur le banc de touche, à ne pas pouvoir participer, à observer les autres. Spectatrice. Seule.

Tout est effort d'apprentissage. Sans plaisir à la clé. Avec juste la peur de dire une bourde, de faire une gaffe, de me comporter d'une certaine façon alors que c'était tout le contraire que j'aurais dû faire.

Une solution serait de sourire et de me taire, de laisser la parole à tous ces gens plus intelligents, plus cultivés, plus intéressants que moi. Et garder ma place à côté de. La compagne de. La numéro 2. L'arbre chétif à l'ombre des grands chênes. Mais ce n'est pas une place qui me convient. J'y étouffe sans lumière. Je suffoque de ne pas pouvoir ouvrir la bouche pour poser des questions, même celles dont tout le monde connaît la réponse. Sûrement les plus stupides que personne n'a jamais posées d'ailleurs.

Alors quand j'osais sortir du silence, cela faisait parfois sourire. Lorsqu'au restaurant, je m'étais esclaffée de voir des adultes mettre de grands bavoirs et qu'aussitôt l'on m'avait chuchoté à l'oreille : « C'est parce qu'ils vont manger du homard. » Et eux de conclure gentiment : « Elle est délicieuse, Lili. » C'est sûr, j'apportais de la fraîcheur.

Et après chaque dîner, j'avais droit au débriefing de la soirée.

Je me fais reprendre, comme moi je reprenais ma mère. Et moi non plus, je n'aime pas cela.

Gabrielle

On ne peut pas faire faire quelque chose à Lili qu'elle n'a pas décidé. Ni la faire jouer à un jeu si elle n'est pas sûre de le gagner.

Lili

Alors, j'ai arrêté de jouer.

Cela se voit encore que je ne viens pas de là. Cela se verra toujours, je crois. Quels que soient mes efforts pour gommer les aspérités. Cela passe par le langage, les mots familiers, les expressions idiomatiques, le débit beaucoup trop rapide parce que peur d'être interrompue, peur d'être inintéressante, peur d'être hors sujet. L'art oral s'apprend. L'aisance et la repartie aussi. Et tout le monde n'y a pas accès à la table du dîner.

Après les premiers mois j'ai décidé d'arrêter de me forcer : je n'irai plus skier. J'irai « à la montagne » quand eux iront « au ski ». Et je sais que je reste une privilégiée.

Quand ils sont sur les pistes, je reste au chalet. Derrière la fenêtre, je regarde le paysage magnifique. Si je savais faire un feu dans la cheminée, je l'allumerais.

À défaut, je me prépare une tasse de thé. Je suis seule, c'est silencieux. C'est cela le vrai luxe : avoir le temps de regarder la neige tomber.

Je n'appartiens à aucun monde, mais je m'appartiens.

CHAPITRE 5

Lili

J'ai été promue.

Du jour au lendemain, certains collègues sont devenus sympathiques, les partenaires plus mielleux. On souhaitait m'inviter à déjeuner, pour ensuite me demander une faveur ou me faire signer un contrat. Or, chez moi, le copinage ne marche pas. On obtient les choses parce qu'on est les meilleurs, qu'on a travaillé pour. Le réseautage et le favoritisme ne font pas partie de mon vocabulaire.

Pendant mes études, j'ai découvert le mépris de classe, mais dans le monde du travail, une fois qu'on a le bon diplôme, plus personne ne pose de questions. Ce à quoi je ne m'attendais pas était d'être confrontée au machisme et à la misogynie, ou simplement à la bêtise d'un vieux monde.

Réussir, grimper au sommet, quand on est un homme, c'est un pléonasme. Quand on est une femme, c'est encore suspect.

Dans les dîners, si je suis présente, ce n'est pas par hasard. Je suis une patronne parmi des patrons. Et pourtant, combien d'incompréhensions ? Quand je ne suis pas cantonnée avec les compagnes des patrons parce que je suis une femme, il m'arrive des mésaventures des plus irritantes. L'autre soir, un homme très haut placé, attiré par ma féminité, ma jeunesse et ma solitude, s'est approché, galant, et m'a dit : « Je suis le directeur de... » – ce que je savais, bien évidemment –, et il a enchaîné : « Et vous, vous êtes l'épouse de qui ? »

Gabrielle

Là, je crois que, professionnellement, elle va stagner. Elle ne peut pas aller plus haut. Peut-être qu'elle va enfin s'arrêter ? Parce que je la connais, ma Lili, elle ne peut pas rester à la même place longtemps sans s'ennuyer.

Après, son travail est devenu sympa : elle fait plein de dîners. Elle en rencontre, des vedettes, mais elle n'est jamais intimidée. Elle aurait vu Barack Obama, l'abbé Pierre ou le dalaï-lama qu'elle leur aurait fait une blague. Il n'y a vraiment que du beau monde dans ces dîners. Et ma fille !

Lili

Les dîners mondains, boire et rire de bon cœur, c'était le genre de choses que mon rôle exigeait. Mais je m'y faisais rare. Les lobbyistes disaient que j'avais mauvais caractère. Du caractère, oui. Des valeurs surtout. Moi, on ne m'achète pas. J'ai été élevée comme ça. Je veux être capable de me regarder dans un miroir. Capable de voir toutes mes décisions et actions publiées à la une des journaux. Je ne veux être redevable à personne.

Pas de dette, jamais.

CHAPITRE 6

Gabrielle

J'ai calculé, ça fait deux anniversaires et trois fêtes des Mères qu'elle n'est pas venue. Oui, la belle excuse, la date de la fête des Mères est différente en Angleterre, donc oui elle m'appelle, oui elle me fait un gentil cadeau, mais ce n'est pas pareil.

Et qu'est-ce que j'en ai à faire qu'elle m'appelle pour me souhaiter la fête des Mères en mars ! Je n'ai pas envie qu'elle me la souhaite en mars, la fête des Mères ! Chez nous en France, c'est en mai. Depuis toujours. Je n'ai pas envie qu'elle m'appelle. Je n'ai pas envie qu'elle m'envoie un cadeau par la poste. Je veux qu'elle soit là. Avec moi, toutes les deux, comme avant.

Moi, il ne me reste que ça, la fête des Mères pour me sentir mère. Et Noël, une année sur deux, parce qu'elle est sinon dans la famille de son mari. Quand on n'a que sa fille, ça ne fait pas beaucoup de preuves d'amour reçues à l'année. Alors, oui, elle travaille beaucoup, elle sort beaucoup, elle réussit. Mais, moi, elle n'aurait pas fait d'études, je l'aimerais quand même.

Lili

Le plus dur pour ma mère avec mon métier, c'est qu'elle pense que je souffre. Pour elle, le plus important dans la vie, c'est d'être heureuse. Or ma joie, c'est d'avoir un travail qui me passionne. Cette adrénaline, le cerveau qui bouillonne, les tapes sur l'épaule pour des projets décrochés au nez de la concurrence : j'adore ça ! Alors oui, j'y passe beaucoup de temps, mais j'ai besoin de travailler, mon épanouissement passe par là. Pas en prenant soin des autres, comme elle. Pas en étant non plus la fée du logis ou la bonne épouse.

Gabrielle

Je regarde mon téléphone qui s'obstine à ne pas sonner. En fond d'écran, ma fille. Si belle, si grande maintenant. Et le temps qui file. Toujours plus cruel entre nous.

CHAPITRE 7

Lili

Ma mère m'appelle. Souvent. Trop. Et j'entends, dans l'intonation de sa voix, dans ses soupirs et ses silences, les reproches.

Ma mère a grandi avec ce dogme alimenté par ses parents, supposé rassurant : « Il est tout à fait possible d'avoir un travail alimentaire et de faire ce qui nous plaît à côté. Il y a le travail, et il y a la vie ! » Mais à ce compte-là, je ne savais même pas ce que ma mère aimait faire dans la vie, à part s'occuper de moi et travailler. Aller au cinéma, tout au plus une fois par mois ?

Moi, je refusais cette sentence en bloc. Non, le travail *fait partie* de la vie. Moi je crois profondément et je veux croire que, quand on aime ce que l'on fait, on ne se rend même plus compte que l'on travaille.

L'envol

Au téléphone, elle est en boucle. Reproche, conseil, reproche, conseil. Je lève les yeux au ciel, me retiens de répondre, mais cette fois elle me pousse à bout.

– Maman, tu ne sais rien de ma vie !

– Si, et je sais que tu as besoin de te faire aider.

– Ah bon ? Et par qui ?

– Bah, par moi.

– Mais, Maman ! Tu ne parles même pas anglais, tu ne vas jamais pouvoir m'aider à quoi que ce soit ici. Alors ne propose pas ce que tu ne peux pas offrir.

– Mais si je peux.

– OK, ça veut dire quoi « *What time is it?* » ?

– J'en sais rien moi… « Comment tu t'appelles ? » ? Qu'est-ce que tu essaies de faire au juste ? Tu veux m'…

Silence. Hésitation.

– Le mot que tu cherches est « humilier ». Même en français tu n'y arrives pas. Alors laisse-moi gérer toute seule. Depuis le temps, j'en ai l'habitude.

CHAPITRE 8

Gabrielle

Je suis en plein ménage et Lili m'appelle sur mon portable. Elle me dit « Je suis en bas », et quand je lui ouvre, elle est en pleurs. Elle est venue depuis Londres. En silence, elle m'aide à terminer. Ça nous arrivait souvent, on parlait de ses projets en faisant la poussière ensemble. J'étais contente d'avoir de la compagnie, qu'elle m'aide, et puis ça lui permettait de garder les pieds sur terre.

– Je te présente mes excuses, dit-elle soudain. Je n'avais pas le droit de te parler comme ça. Tu essayais de m'aider.

– Tu ne peux pas dire « Je m'excuse » ou « Pardon », comme tout le monde ?!! Même quand tu veux te rattraper, tu...

Je baisse les yeux et là...

– Mais... tu es enceinte ?

Elle hoche la tête. C'est presque imperceptible, mais je l'ai vu tout de suite. Ça ne peut pas échapper à une mère. Pas à une mère comme moi.

Aussitôt, on s'est assises sur le canapé, elle a enlevé ses chaussures, puis elle a mis sa tête sur mes genoux, j'ai défait son chignon natté, et je lui caressé les cheveux. Comme quand elle était petite et qu'elle avait un chagrin. Même si elle attend un enfant, moi, je vois toujours l'enfant en elle.

Lili

Quand je suis sortie de la douche, l'odeur s'était répandue dans tout l'appartement. Si le bonheur de l'enfance avait un parfum, ce serait sans aucun doute celui du croque-monsieur rôti au beurre par ma mère.

– Il va falloir que tu lèves le pied maintenant.

– Oui, Maman, tu as toujours raison, Maman. Et tu te demandes pourquoi je ne te l'avais pas encore annoncé ?

– OK, je ne dis plus rien. Tu veux un deuxième croque-monsieur ?

– Je ne suis pas censée manger deux fois plus, tu sais.

Ma mère rit, puis reprend un air sérieux.

– Je ne t'ai pas dit, Lili, mais on m'a refusé mon départ en retraite. J'ai commencé à travailler à 16 ans, j'ai quarante-deux années de cotisations, mais pendant six ans mon patron n'a pas cotisé assez pour moi. Donc, je dois encore faire deux ans. Pour rien, comme ça. Alors que je croyais pouvoir partir, là. Maintenant. En plus, ça aurait été idéal…

– Cela me met dans une colère noire, ce que tu me dis là, Maman. Tu te saignes : pas un jour d'arrêt maladie en quarante-deux ans et on te demande de prolonger encore ! Mais ils attendent quoi ? Ils veulent te faire crever, t'user, te fatiguer, comme ça tu ne leur coûteras pas cher en retraite ! Et quand enfin tu vas pouvoir te reposer, tu vas voir que c'est là que tu vas tomber malade…

– Arrête, ne dis pas ça… Si je dois travailler plus longtemps, c'est mes petits vieux qui vont être contents. C'est tout.

– Ne te laisse pas faire ! Tu te fais exploiter, Maman. C'est politique, là. Tu vois, cela servirait de voter une fois de temps en temps ! Je vais te trouver un avocat. Ils tentent avec tout le monde, mais quand on a les moyens de râler, de contester, tu vas voir qu'ils vont finir par admettre qu'il y a eu une « petite » erreur et qu'ils se sont trompés.

– Pourquoi tu es toujours en colère, Lili ? On n'est pas obligé de tout faire en force, tu sais ?

– Si, la preuve, toi tu te laisses marcher sur les pieds, et tu ne te fais pas respecter.

– Et toi ? Tu es sûre que, dans ton travail, tu te fais toujours respecter ?

Silence.

– On dirait que tu veux prendre une revanche, une vengeance sur quelque chose.

– Pour toi, peut-être ? Tu ne vois pas toutes les injustices ?

– Mais je ne t'ai rien demandé, Lili. Je suis heureuse. Sois-le aussi.

CHAPITRE 9

Gabrielle

Ma fille est enceinte. Je cache ma joie, pour ne pas trop lui mettre la pression. Mais je suis tellement heureuse, tellement contente pour elle. Pour moi aussi. Elle va enfin lever le pied, et peut-être avoir à nouveau besoin de moi. Ne serait-ce qu'un petit peu.

Lili

1 h 27 et ma nuit est finie. Depuis qu'un être se développe en moi, j'ai des insomnies. C'est même comme cela que j'ai su que j'étais enceinte. Mon corps se prépare à moins dormir avec l'arrivée du bébé. Je cherche le sommeil qui ne vient pas, qui m'échappe. Alors, je cogite. Plus que d'habitude. Trop. Suis-je faite pour avoir un enfant ? Vais-je être une bonne mère ? Une

chose est sûre, je ne pourrai jamais être aussi parfaite que la mienne.

Être une mère comme la mienne, je n'essaierai même pas. Je ne serai jamais à sa hauteur. Je ne ferai pas de gâteau maison pour chaque anniversaire. Je n'inviterai pas dix amis à une fête. Je ne serai pas à la sortie de l'école. Et je ne l'emmènerai pas tous les jours au parc.

Je ne serai sûrement pas une bonne mère, mais je serai un bon parent.

Mon enfant sera soigné, nourri, au chaud et aimé. Et nous jouerons. Nous jouerons ensemble à tout ce que j'aime, tout ce que j'aimais petite et qui me rendait heureuse. Je partagerai ces moments avec lui. Rien que tous les deux. Nous serons comme deux enfants, deux amis. Assis par terre, je dessinerai, il coloriera. Je trierai les pièces du puzzle et il fera l'assemblage. De temps en temps, j'irai lui faire une surprise à l'école et je viendrai le chercher pour déjeuner. Nous ferons de la trottinette, du vélo, je l'emmènerai au cinéma, au théâtre. Je l'écouterai. Me raconter ses histoires, ses bonheurs, ses peines de cœur. Et je le croirai. Toujours.

J'attends trois mois pour m'assurer que je ne me fais pas de fausse joie. Trois longs mois avec le sourire de la Joconde sur les lèvres. Moi, je sais, mais personne d'autre ne le sait encore. Ni mon mari, ni mes collègues. Foutu caractère…

L'envol

Quand les trois mois ont passé, l'annonce fait place aux premiers cadeaux de naissance. Nous les ouvrons et je ressens un trouble énorme et une pression à la poitrine avec deux livres qui nous ont été offerts. *J'attends un enfant* et *J'élève mon enfant*. Laurence Pernoud. Je regarde mon compagnon, qui me sourit et ne semble pas comprendre mon malaise : pourquoi le titre n'est-il pas *Nous élevons notre enfant* ?

Sur la couverture, la photo d'une mère et son enfant, et quand je l'ouvre, plus aucun doute : ce livre m'a été offert *à moi*. Il s'agit du guide de la mère parfaite. À elle de le lire, de l'apprendre par cœur avant que le bébé arrive. Pour être capable de faire face à toutes les situations, pour les gérer seule. Comme une experte. Comme si la parentalité était seulement l'affaire des femmes. Comme si tout cela, d'ailleurs, s'apprenait dans les livres.

Non merci. Nous, l'enfant, nous l'attendons à deux.

CHAPITRE 10

Lili

Pressée, en retard. Je quitte l'hôpital. Ces rendez-vous médicaux sont toujours aux heures de bureau, toujours à l'autre bout de la ville. Des emails à rattraper, des réunions qui vont débuter. Je cours après mon métro pour retourner au travail, le bébé a encore pris de l'ampleur, il est chaque jour plus lourd, je cours, le métro est là, si je l'attrape, je serai à l'heure pour la réunion, je cours, j'accélère, je rate le trottoir, vacille, me rattrape, mais sens que je tombe, lourdement… sur le ventre.

Je me relève. Le bébé ne bouge plus. D'habitude, je le sens bouger. Vers 11 heures, c'est son heure. Et là, rien. Plus rien. Je fais demi-tour. Direction les urgences. Je tremble. Je vais perdre mon bébé. Tout cela pour quoi ? Ne pas être en retard à une réunion à la con.

L'envol

De retour à l'hôpital que je venais de quitter.

Échographie. Et le bruit de son cœur qui résonne fort dans la pièce. Les larmes qui coulent et la gorge qui se serre. C'est la vie qui crie sa joie, la vie qui gagne.

Je reste alitée. Vaincue. Non vaillante. À terre. Faible. Humaine.

Mais lui a tenu. Il s'est accroché. Première cascade et énormissime frayeur. Cela aurait pu être très grave. Cela aurait pu être la fin. Je ne laisserai plus jamais rien entre lui et moi.

Vivre sans mon enfant. Jamais.

Et au fond de moi résonne la voix de ma mère. « Ralentis, prends soin de toi, tu n'es plus seule, pense à lui… » Et je sais qu'elle a encore raison.

CHAPITRE 11

Lili

Je vais devenir mère, au même âge que la mienne. 29 ans.

Je pense à toi, petit être en moi. Souvent, je me sens seule, mais en ce moment, je ne le suis pas. Je regarde cette ville, la pluie, à travers la fenêtre de mon appartement bourgeois. Je n'ai aucune raison d'être là. Je n'appartiens pas à ce monde privilégié, ni n'appartiens plus vraiment à celui d'avant. Le cul entre deux chaises. Pour toujours.

Et toi, petit enfant, tu appartiendras à ce monde-là. Tu y entras et t'y installeras ; tu y naîtras et y mourras. Sans jamais te poser la moindre question.

Mais moi je veux que mes enfants s'en posent. Qu'ils sachent que rien n'est gratuit, rien n'est normal, rien n'est à volonté.

L'envol

J'aime et je déteste les représentants de ces deux mondes à tour de rôle. Se détester soi-même pour ce qu'on est devenu. Pour ce que mes enfants considéreront comme naturel : les restaurants le week-end, les chambres d'hôtel, les vacances au ski, la maison de campagne de Papy et Mamie.

Je suis une exilée. Je me sentirai éternellement tiraillée. Parce que je vis les deux en même temps. Et je ne trouverai jamais rien normal. D'un côté comme de l'autre.

Pas normal de ne pas parler un français correct et pas normal d'exclure ceux qui ne maîtrisent pas la langue. Pas normal de se voir refuser sa retraite alors qu'on a travaillé plus de quarante-deux ans et pas normal d'hésiter entre des vacances au ski et sous les tropiques. Pas normal de devoir ingurgiter quotidiennement un jambon premier prix, et pas normal de se demander dans quel restaurant déjeuner.

Pas normal et injuste.

CHAPITRE 12

Lili

Fermer les yeux. Faire confiance. Le corps sait, la nature sait. Aider ce petit bébé à venir au monde sans trop de souffrance, ouvrir, relâcher, le visualiser, et l'accompagner vers la sortie.

Un cri. Et ne plus jamais être seule.

Les premières heures, je suis dans le brouillard, oscillant entre l'extralucidité et la difficulté à comprendre que ma vie vient de changer pour toujours. L'épuisement me laisse dans un état proche de la transe, du dédoublement.

La première rencontre ne se passe jamais comme on a pu l'imaginer. Est-ce seulement possible d'ailleurs ? On peut s'y préparer, mais on est toujours loin de la vérité.

L'envol

« Valentine,

J'ai fait ta rencontre aujourd'hui. Tu m'as regardée avec de grands yeux surpris. Pour la première fois, je t'ai tenue dans mes bras. Je n'ai pas osé au départ. Tu étais si paisible dans ton berceau, tu souriais aux anges, tu avais l'air heureuse à côté de nous, tes parents. Et puis, on m'a proposé de te prendre et j'en avais très envie. Le premier bébé que je prenais contre moi. Minuscule. Légère, fragile et chaude. Une bouillotte bien mignonne.

Le miracle de la vie, de la nature. Je regarde ton papa et je te regarde toi : comment avons-nous pu créer *cela* ?

Tu t'es installée contre ma poitrine, comme une petite grenouille, ta tête tournée vers moi, et nous sommes restées ainsi longtemps. Tu m'as adoptée, comme si tout cela était aussi confortable que le ventre dans lequel je t'abritais. Je n'ai pas bougé pendant de longues minutes, osant à peine respirer, laissant juste mon pouce caresser tes joues roses. Tu as bonne mine, des petits ongles déjà bien longs, et des traits si parfaits.

Des soubresauts parcourent ton sommeil. Je ne me lasse pas de te contempler.

Tu as choisi de prendre ton temps pour naître, tu as joué les prolongations. Quand tu seras grande, tu feras à ton idée. Tu manges, tu dors, tu rends les choses faciles, Valentine. Tout devient évident et tu donnes un sens nouveau à ma vie. Je ne sais pas si c'est ça, l'instinct maternel, mais cela ressemble déjà à de l'amour. »

CHAPITRE 13

Lili

Ma mère tient ma fille – sa petite-fille – dans ses bras. Je la regarde, je l'admire. Elle sait faire.

Ma mère est forte. Tellement plus forte que moi. Pour tout. Plus armée dans la vie. Plus solide. Plus entière. Elle donne tout. Ne s'économise jamais.

Cette force-là ne s'apprend pas dans les livres. La force est dans l'amour que l'on donne aux autres. Tout ce qu'on est prêt à faire pour autrui. À se dépasser, à ne pas s'écouter, pour faire ce qu'il y a à faire. Ce que l'on doit faire. Sans gémir, sans se plaindre. Aussi parce que personne d'autre ne le fera à notre place. J'ai trouvé la force de partir dans les livres mais c'est en dehors des livres que l'on trouve la force de rester.

L'envol

Gabrielle

Il y a des choses qu'on n'a pas besoin d'apprendre pour savoir qu'elles sont vraies, justes. Pas besoin d'école. Pas besoin du cerveau d'Einstein. On le sent. On est à notre bonne place. Dans notre bon rôle. Au bon endroit, au bon moment.

Il n'y a pas d'école pour être parent, on fait comme on peut. Du mieux qu'on peut.

Lili

Je regarde les mains de ma mère. Elles sont abîmées. Les mains « de la jeune mère » comme me l'a annoncé le médecin. À trop changer de couches, à devoir se les laver sans cesse.

Fragiles. Crevassées. Qui font mal et qui se rouvrent pour un rien. Prendre une éponge. Faire un shampooing. Donner le bain à sa fille.

Une vie nouvelle avec ses béances. Les lignes de mes paumes sont coupées. Effacées. À vif. Creusées. Grignotées.

J'espère que je serai aussi bonne mère que tu l'as été pour moi.

CHAPITRE 14

Gabrielle

Je ne comprends pas ma fille. À peine mère, qu'elle accepte une promotion ? À faire des voyages tout le temps ? À faire des journées encore plus dingues qu'avant ? Moi, je pensais qu'avec le bébé elle allait changer, lever le pied, ralentir. Comment peut-on décider d'avoir des enfants et laisser à d'autres le soin de les élever ? Son mari et elle ne sont jamais là. Ils travaillent tout le temps. Jusqu'à plus de 20 heures. Si c'est pour laisser l'éducation de Valentine à des baby-sitters, ils auraient mieux fait de s'abstenir. Qui va être heureux là-dedans ? Les enfants ? Les parents qui loupent tout ?

Lili

J'évite d'appeler ma mère. Chaque fois que nous nous parlons, nous nous disputons. Toujours pour la même chose. Je suis une mauvaise mère. Je ne m'occupe pas assez de ma fille. Ce n'est pas une vie. Ce n'est pas normal. Elle, à ma place…

Une fois de plus, nous ne nous comprenons plus.

Cela fait des années que je travaille pour cette promotion. C'est peut-être un peu tôt, mais je ne peux pas dire non. Le directeur général, qui a été un mentor pour moi dès mes débuts, me promeut à peine suis-je revenue de congé maternité. C'est qu'il me fait confiance, et je sais que je vais y arriver. Je donnerai mon maximum.

Ma mère et moi sommes différentes. Elle a toujours fait passer son enfant avant tout le reste. Mais elle le sait mieux que personne : je ne suis pas elle. Ma réalisation ne passera pas en priorité par mon enfant. Que je l'aime infiniment n'y changera rien.

Gabrielle

Elle ne m'appelle plus, alors je l'appelle, moi.

– Tu travailles comme une folle, tu t'uses la santé. Lève un peu le pied ou il va t'arriver quelque chose.

Silence.

– Ce n'est pas normal d'avoir un enfant et de ne pas le voir…

– Maman, il n'y a pas une seule façon d'être mère. Je suis un bon parent, mais être une mère parfaite, je n'essaierai jamais. Parce que je ne serai jamais à ta hauteur.

– Que ce soit une baby-sitter qui…

– Maman… Je fais du mieux que je peux. J'ai besoin de ton soutien, pas de tes reproches. Arrête de m'appeler si c'est pour me culpabiliser. Là, quand je vois ton nom, je sais que je vais me faire engueuler, cela ne me donne pas envie de décrocher. Je n'ai pas assez d'énergie pour m'engueuler avec tout le monde.

– Je te l'ai déjà dit et te le redis : je peux venir t'aider.

– Tu n'es même pas à la retraite, comment veux-tu faire ?

– J'ai le droit à des vacances quand même !

– Non, merci, c'est gentil, mais je n'ai pas envie d'avoir en plus à te gérer.

– Lili…

– Maman, n'insiste pas. Tout le monde attend quelque chose de moi, si tu t'y mets aussi je vais craquer…

– Mais tu craques déjà ! Tu es au bord de…

Lili a raccroché.

L'envol

Lili

Je ne pouvais pas entendre la suite, et pendant des jours, je vois ses appels s'afficher. Le téléphone qui vibre et vibre encore. Je filtre.

Je comprends maintenant. Si les parents insistent autant pour que nous fassions des enfants, c'est pour que nous leur redonnions un rôle dans nos vies d'adultes. Celui de grands-parents. Pour se sentir à nouveau utiles.

CHAPITRE 15

Lili

Je suis tout en haut. Dans la dernière strate de la pyramide socioprofessionnelle. « Dirigeants ». Je ne peux plus aller plus loin. À moins de complètement changer de métier. Je découvre que plus l'on monte, plus les vents sont violents. Et plus on est seul. Il faut savoir être politique. Et serrer les dents. Mais c'est ce que je voulais, je crois.

Gabrielle

Cela fait quatre ans qu'elle est mère, et Lili ne change rien à sa vie. Elle travaille trop, ne mange pas assez, ne dort plus, ne voit pas son mari, ni sa fille. Pourtant, il n'y a pas plus mignon qu'un enfant de cet âge-là. Et eux ne voient rien de tout ça ! Parce que lui aussi travaille trop.

Lili

On me demande d'acquiescer à des choses contre lesquelles, un cran en dessous, j'aurais bataillé et me serais révoltée. En me promouvant, ils ont trouvé comment me neutraliser. Je n'ai jamais été très forte en docilité, pourtant, je suis devenue lisse. Un mouton comme les autres, bien obéissante. Anesthésiée. Comment en suis-je arrivée là ?

Je suis une imposture. Je ne fais que décevoir tout le monde. Ma mère, mon mari, mon boss, ma fille. Et moi en premier lieu.

Je me vois devenir une spectatrice de ma propre vie qui ne peut que subir et se taire. Je fonce droit dans un mur et j'accélère.

Je finirai seule et vaincue.

De toute façon, dans la vie, on est seul. Personne pour nous tendre la main, nous mettre un petit matelas moelleux avant la chute.

Gabrielle

Oui, j'en veux à ma fille. À courir sans cesse après on ne sait quoi. Pourquoi vouloir toujours plus, quand on a la chance d'avoir tout ? Une mère encore vivante, un mari pas encore parti, une fille qui a besoin d'elle pour se construire. Pourquoi faudrait-il toujours monter dans la société ? Est-ce cela la réussite ?

Ma fille n'a pas l'air épanouie. Elle rentre à des heures indues, passe sa vie et ses week-ends à travailler, ne semble pas avoir d'amis, et sa famille, elle la voit à peine : ce n'est pas comme ça qu'elle va construire quelque chose de solide.

Comment peut-elle me tenir tête, me dire qu'elle est heureuse dans son métier ? Elle est en train de craquer, et ça me rend malade.

Moi, je lui ai donné ce que j'aurais aimé avoir, mais sûrement avec excès, on fait tous ça. On reproduit les erreurs de nos parents d'une certaine manière.

Ça fait mal les chagrins de ses enfants, parce qu'on se sent impuissant.

CHAPITRE 16

Lili

Ce matin, un numéro inconnu s'affiche. J'ai un mauvais pressentiment. D'habitude, je ne réponds jamais, mais… L'appel vient de France. Quand je décroche, ma vie explose comme une grenade. Ma mère vient de faire un AVC.

CINQUIÈME PARTIE

CHAPITRE 1

Lili

Accident vasculaire cérébral. C'est parti du cœur et c'est monté au cerveau. Ils disent qu'elle est en soins intensifs, qu'elle a eu de la chance d'avoir été prise en charge si vite, parce que chaque minute compte, que l'on a quatre heures avant que les séquelles soient irréversibles. Ils disent qu'ils vont tout faire pour… Et moi, je n'entends plus rien. Je ne peux rien faire sauf filer le plus vite possible vers la France. Oui, je ne peux faire que ça.

Je suis une fille indigne. Elle avait besoin de moi, et je ne suis même pas là ! Elle n'a personne, elle n'a que moi, et elle s'est débrouillée toute seule.

Quand je pense à ma mère, j'ai envie de pleurer. Pas parce que c'est triste, mais parce que sa vie a été un grand gâchis. Un gâchis d'amour. Elle aurait pu avoir une famille normale, une famille comme les autres, mais non, elle m'a eue, moi.

En réalité, cela aurait été mieux pour tout le monde qu'elle ne soit jamais ma mère. Elle aurait mieux fait d'avoir une autre fille, une fille capable d'être son numéro d'urgence, capable d'être là quand elle en a besoin.

Être seule dans des moments comme ça, c'est injuste. C'est lourd à porter. Personne avec qui partager. Pas de frère, pas de sœur, pas de père.

Ma mère a fait le pari de l'amour. Donner toujours, avant de recevoir. Garder l'enfant qu'elle avait avant de le connaître. Et pourtant je l'ai déçue, tellement déçue. Et abandonnée.

Maman, je t'aime. Nous ne nous le sommes pas beaucoup dit, mais nous n'en pensions pas moins. Accroche-toi, j'arrive. Cela ne peut pas finir comme ça.

CHAPITRE 2

Lili

Je ne trouve pas ma mère en soins intensifs, je panique. On m'a pourtant dit qu'elle était là. Je tourne, je vire, dans cette odeur d'hôpital où je sens la peur et la mort. Et tous ces bruits, ces bips. Ces vies raccrochées à la vie par des machines.

Je manque de percuter une infirmière, l'interroge mais ne comprends pas ce qu'elle me dit.

« Échographie cardiaque » ? Quand je pensais encore que le mot « échographie » était seulement pour les bébés dans le ventre. Seulement pour les bonnes nouvelles.

Je finis par saisir que ma mère a été transférée dans une chambre en unité neurovasculaire.

Quand j'entre, je ne la vois d'abord pas, minuscule dans sa grande blouse d'hôpital, perdue dans son lit.

Mais ce qui me saute aux yeux, ce sont les bouquets de fleurs, absolument partout, des cartes, des attentions. Combien de personnes sont passées avant moi, combien ont pensé à ma mère, ont été présentes ?

Je découvre – et je m'en veux de ne pas l'avoir su – que ma mère est aimée. Et pas seulement par moi. Sa gentillesse, son empathie, sa serviabilité, tout cela compte, et elle compte pour eux. Elle fait partie de leur famille. Au moins un peu.

Lorsque je m'approche des bouquets, je lis des mots touchants :

« Pour notre rayon de soleil, notre perle, toujours si gentille, humaine, attentionnée. On la croise, on ne prend pas toujours le temps de discuter, mais elle a toujours un mot gentil, un sourire. Très discrète. À l'écoute. Toujours là pour rendre service. On vous embrasse fort ! Prompt rétablissement. »

« Le genre de personne qui dit toujours oui, qui va se débrouiller pour vous aider. La main sur le cœur. Une personne très importante dans ma vie, comme une deuxième mère. Celle qui est toujours là quand on a besoin de parler. »

Elle qui n'était que douceur. Elle n'était pas seule, elle était aimée et entourée, quand moi je n'étais pas là.

CHAPITRE 3

Lili

Quand elle se réveille, ce qui me saisit tout de suite, c'est la peur dans son regard. Ce n'est pas ma mère qui est en face de moi. Son sosie peut-être, une inconnue. Avec un masque et des yeux exorbités. Elle pense aux séquelles, je le sens. Moi aussi, bien sûr.

– Lili, mais regarde ma tronche ! Je n'étais déjà pas « jojo », mais là…

– Arrête de dire ça, Maman ! dis-je en lui coupant la parole pour ne pas entendre ses mots qu'elle écrase comme une bouillie.

Silence.

– Et puis, je ne vois plus rien, je crois que c'est surtout l'œil gauche. Je ne sais pas si ça va revenir… J'ai l'impression d'être dans le brouillard, je vois tout flou. Et je crois que ça empire. J'avais envie de te revoir quand même avant. Il n'y a pas Valentine, mais tu es là, et c'est déjà bien.

Le stress dans sa voix, la panique, et moi je me glace. Je ne sais pas comment la rassurer, ni quoi dire. Ce ne sont pas nos rôles de d'habitude. D'habitude, c'est elle qui sait, elle la mère. D'habitude c'est pour de faux. D'habitude ce n'est pas si grave.

Je m'entends bredouiller.

– Mais ça va revenir… On va t'opérer, tu vas être prise en charge très rapidement. Il y a forcément une solution, il y a toujours une solution.

Même moi je n'y crois pas. Ma mère détourne le regard, elle non plus ne me croit pas. Puis d'une voix enfantine qui me vrille le cœur elle me demande :

– Et toi, ma chérie, ça va le travail ?

J'ai envie de pleurer.

Et je pleure.

– C'est gentil d'être venue me voir, d'avoir pris le temps, continue-t-elle. Tu repars quand ?

CHAPITRE 4

Lili

Je suis sortie de la chambre prétextant avoir besoin d'un café. J'ai tapé « Défaut du champ visuel AVC » sur Internet. Puis « Espérance de vie, après un AVC ». Les chiffres m'ont donné envie de vomir. J'ai éteint mon téléphone.

Je m'étais déjà rendu compte en devenant mère que dans la vie on ne contrôlait pas tout, mais là c'est l'impuissance absolue. Mon cerveau, ici, ne m'est d'aucune utilité. Ma volonté non plus. On est juste démuni. On subit, on espère et on prie.

Je ne vais pas faire venir ma famille, pas tout de suite du moins. Elle n'aimerait pas qu'on la voie comme cela. Je ne vais pas non plus retourner au travail. Pas cette semaine, ni tout le mois s'il le faut. Je resterai le temps qu'il faudra.

L'envol

Moi qui ai toujours cherché ma place, là, c'est une évidence. Là c'est facile.

Ma place, ma seule place, est auprès de ma mère.

CHAPITRE 5

Gabrielle

Je lui ai dit à mon médecin : « C'est la dernière fois que vous vendez la mèche à ma fille sur ma santé ! » Je ne voulais pas qu'on l'appelle, pas qu'on l'inquiète pour rien, ou qu'on l'embête dans son travail. Je serais sortie de là, au bout de quelques semaines, qu'elle ne l'aurait jamais su. C'est à moi de décider ce que je veux pour mon corps, à moi de trancher si la prochaine fois…

Je perds la vue. Je perds les contours et les formes. Ne me restent que des taches. Un jeu d'ombres, de flou. Bientôt ce sera l'obscurité. L'éclipse totale dans ma vie. Et je ne sortirai plus de la nuit. Mais il y a des choses que je veux voir avant. Le bleu de la mer, le vert des yeux de ma fille, le jaune blé des cheveux de Valentine, et le rouge de sa bouche pleine de framboises.

Je ne finirai pas debout, mais abattue. Le moral à marée basse. Je veux mourir lassée de vivre.

De toute façon, je suis déjà fatiguée par ce monde qui recule et fait toujours l'inverse de ce qu'il devrait. Usée que ma voix, ce que je pense, ce que je dis ne compte pas. Désespérée que les progrès obtenus de haute lutte au début de mon existence soient balayés d'un revers de main et que l'on revienne au point de départ, voire que la situation régresse au moment où ma vie s'apprête à s'éteindre. Tant d'énergie dépensée, tant de sacrifices inutiles. Tout ça pour ça. Tout ça pour rien.

Une vie qui, définitivement, ne compte pas.

Un jour, je partirai en voyage, lui dis-je, c'est prévu. « C'est prévu depuis longtemps ? » me demande-t-elle. Depuis toujours. « Où ? » Loin. « Longtemps ? » poursuit-elle, inquiète de mes drôles de projets, qui deviennent soudain démesurés, voire irresponsables.

Parfois, elle ne comprend pas les choses, ma fille. Pourtant, elle est très intelligente, mais ce qu'elle ne veut pas entendre, pas voir, elle l'occulte. Ce n'est même pas une option. Sa naïveté l'empêche de lire entre les lignes.

Pour toujours, c'est assez long, en effet, me retiens-je d'ajouter.

CHAPITRE 6

Lili

Ma mère dort beaucoup. Je demande si c'est normal, on me répond que « oui », que « c'est plutôt bon signe, le cerveau a besoin de l'énergie de tout le corps pour récupérer ». On m'annonce qu'elle va rester une dizaine de jours dans cette unité neurovasculaire.

Je regarde son ombre. Je la reconnais. C'est la même que quand elle avait 35 ans. Sauf qu'elle n'a plus 35 ans. L'ombre ne vieillit pas, ne change pas. Elle garde toujours sa jeunesse d'antan.

Je ferme les yeux. Je veux la retrouver, comme quand j'avais 6 ans. « Ma mère s'appelle Gabrielle. Elle est grande, a de beaux yeux verts, la peau douce, et qu'est-ce qu'elle sent bon ! Et puis, ma mère, c'est la plus belle ! »

Même si elle n'y a jamais cru. Encore moins aujourd'hui.

L'envol

Les jours passent, il y a du mieux, mais elle dort toujours autant. Et quand elle émerge, elle reste dans la torpeur. Là, je la regarde, et elle ne me voit pas. Elle ne me voit plus.

Et plus je la regarde, et plus je l'aime.

Le temps est long, mais il nous reste encore ça.

Elle se réveille et se redresse sur son lit. Elle demande un miroir. Je ne sais pas si c'est pour se voir ou savoir ce qu'elle voit vraiment. Sûrement un peu des deux. Je le lui tends, elle s'y regarde un instant et me dit de le jeter. Pour toujours.

Gabrielle

Avec le vieillissement, je m'étais attendue à ne plus me reconnaître, ne plus m'aimer dans le reflet de la glace, voire à ressembler toujours plus à ma propre mère. Là, je touche mon visage et je le reconnais encore, mais quand Lili me tend ce miroir, c'est fini. C'est une autre, une inconnue, et je ne veux pas être elle. Heureusement, dans mon malheur, je n'ai même plus besoin d'enlever mes lunettes pour faire l'autruche : je ne vois plus rien. Que du flou.

Je préfère me rendormir. Peut-être que tout cela n'est qu'un mauvais rêve et que quand je me réveillerai je serai redevenue comme avant.

Lili

– Tu as besoin de quelque chose, Maman ?

– Je veux bien un peu d'eau qui pique.

– Je vais t'en chercher.

Quand je reviens du distributeur, je demande au secrétariat si elles n'ont pas quelques feuilles. Lorsque je reviens, ma mère s'est à nouveau assoupie. Je la regarde, paisible. J'attrape un crayon, la main sait, sûre, elle glisse. Elle n'a pas oublié. Je ne la quitte pas des yeux. Je croque chacun de ses traits, un dessin, puis deux. Parce que je la trouve belle. Parce que j'aimerais qu'elle se voie comme moi je la vois. Parce que j'ai encore besoin de ma mère, d'une mère forte, d'une mère qui ne baisse pas les bras.

Ma mère m'a toujours impressionnée. À faire tant de choses que je n'ai jamais faites, que je ne sais pas faire. Je n'ai pas son énergie, son courage.

Elle se réveille.

– Tu t'es remise au dessin ? me demande-t-elle. C'est bien, ma fille, tu as toujours été douée. Après, je ne vais pas te mentir, je ne vois pas grand-chose, à part des taches, du gris, du noir. J'ai l'impression d'être un cheval avec des œillères et d'étouffer. Qu'est-ce que tu as dessiné ?

– Toi, Maman.
– Ah bon ?
Silence.
– Tu ne mets plus de couleurs dans tes dessins ?
– Attends, tu as raison, Maman, je vais ajouter des couleurs.
Des couleurs dans ta vie. Comme avant.

CHAPITRE 7

Lili

Le lendemain, j'apporte de grandes feuilles, de l'aquarelle et des pastels gras. Si ma mère dort, je la peins ou la dessine. Je suis alors juste une petite fille qui dessine sa mère. Et qui veut la sauver.

– Qu'est-ce que tu fais ?

– Ne bouge pas. Je fais des gros plans sur ton joli visage.

– C'est sublime, surtout avec ces contrastes, mais ce n'est pas moi.

– Bien sûr que si c'est toi ! Tu vas voir. Nous allons demander à l'experte ! Valentine ? Viens dire bonjour à Mamie.

CHAPITRE 8

Lili

Un matin, le médecin nous annonce que ma mère peut enfin sortir. Il se montre optimiste pour la suite. Quand nous quittons la chambre, je décroche tous les dessins que j'avais épinglés. Une infirmière entre et fait une moue déçue : « Vous ne voudriez pas nous en laisser un ou deux ? » C'est la première fois que quelqu'un d'autre que ma mère semble aimer mes portraits. Je lui en laisse plusieurs et nous partons.

Le taxi nous attend en bas. Je ne l'ai jamais pris avec ma mère. Ni l'avion d'ailleurs. Et la première fois que nous nous y installons ensemble, c'est pour partir de l'hôpital. Alors, nous ne le célébrons pas, nous n'y pensons pas. Je lui prends juste la main. Cela non plus je ne le faisais pas avant.

L'envol

Je vais rester quelques semaines, le temps qu'elle retrouve ses marques et que sa santé s'améliore. Et après je repartirai à Londres auprès des miens.

Je m'installe donc dans son appartement. Je ne l'aurais jamais imaginé. Je ne m'en serais surtout jamais crue capable. Cela fait si longtemps, nous sommes devenues si différentes. Mais, là, c'était la chose à faire. La seule chose à faire. Un geste d'amour peut-être.

C'est étrange de vivre à nouveau ici. Ce n'est plus *la maison*, c'est chez elle. Étrange de partager à nouveau un quotidien : je ne suis plus la jeune fille d'alors, et elle n'est plus la jeune mère non plus. Nous sommes deux femmes qui doivent réapprendre à s'apprivoiser l'une l'autre. Certaines de ses manies prennent plus de place ; elles m'auraient agacée auparavant, mais maintenant tout cela n'a plus d'importance. Le temps ensemble est compté. Autant juste s'aimer. Et oublier que nous avions des choses à nous pardonner.

CHAPITRE 9

Lili

Ce matin, elle n'a rien voulu ingérer. Ni son café, ni sa tartine au beurre. Elle reste sur sa chaise, à la fenêtre, à regarder dehors pendant des heures.

Combien de temps encore avant que les choses s'améliorent ? Avant qu'elles ne se dégradent ?

Ce que le temps fait au corps des gens qu'on aime, cela fait mal.

Gabrielle

Le corps quelquefois nous lâche. Il faut vivre malgré ça. Avec ça.

À table, nous restons silencieuses devant nos grands bols. Depuis des jours, je suis tracassée. Elle reste avec moi, dans un monde en pause, sans avenir, alors que son avenir et sa vie sont là-bas. Auprès de sa famille.

Je suis son boulet. Ce qui la rattache encore à une petite vie. À son passé étriqué. Où tout est compliqué. Où tout est compté.

Lili

Sur ses étagères, j'attrape un vieil album. Je retrouve des photos du temps d'avant et une impression étrange me saute aux yeux. Il manque quelque chose sur chacun de ces clichés.

Ma fille.

Comment pouvais-je être ainsi ? Dans une telle plénitude alors qu'elle n'était pas encore là ?

Avant d'avoir des enfants, je n'avais peur de rien. La vie commençait et s'arrêtait avec moi. Je ressentais une forme d'invincibilité. Je ne connaissais pas tout cela – l'amour, la vulnérabilité et la peur.

Gabrielle

Je l'observe. Je ne la distingue plus comme avant, mais elle est toujours belle, ma fille.

– Tu faisais toujours la tête sur les photos, lui dis-je pour la faire bisquer.

– Pas du tout, regarde bien ! Chaque fois, je dessine ou je lis. Je suis juste concentrée. Alors ta légende comme quoi j'étais une ado rebelle et difficile, je ne suis pas d'accord.

– Ce n'est pas une légende, Lili. Tu étais très dure. Très dure avec moi.

– Et toi donc, Maman ! Il y a des choses que je n'ai jamais comprises, et qui m'ont semblé injustes.

– Comme quoi ?

Lili soupire.

– Pas le droit de m'épiler pendant tout le collège ? Tu m'expliqueras bien en quoi c'était un problème pour toi. Pour ton autorité.

– J'ai fait ça, moi ?

– Bah oui ! Et je l'ai vécu comme une honte ! Une de plus. J'étais pubère et en avance sur tout. Donc toujours en décalage, toujours moquée, toujours pointée du doigt. Pour mon corps, pour papa… Et d'autres choses aussi.

Silence.

– Qu'est-ce que tu voulais pour moi, Maman ? Quels étaient tes projets, tes rêves ?

– Rien de particulier. Que tu sois heureuse, que tu fasses des enfants, que tu n'aies pas de soucis d'argent, juste assez pour que tu puisses partir en vacances. En gros, que tu aies une vie normale. Avec une famille normale.

– Ma vie est tout sauf normale, Maman.

Silence.

– Es-tu déçue ?

– Non. Ce que j'avais pu imaginer pour toi était basé sur ma vie. Mais nous sommes différentes. Toi, tu es la chèvre de Monsieur Seguin, celle qui préférera toujours sa liberté au risque de se faire dévorer.

– Et tu as eu peur ?

– Une mère s'inquiète toujours pour ses enfants. Où qu'elle se trouve, quoi qu'elle fasse, c'est un état de veille permanent. Jour et nuit. On s'efforce de maintenir un lien, de faire partie de leur quotidien. Parfois, d'ailleurs, ils préféreraient qu'on ne soit pas aussi présente. On doit alors s'accrocher pour occuper cet espace et rester à leurs côtés. Le rôle d'une mère n'est jamais terminé. Psy, enseignante, cuisinière, avocate ou punching-ball. C'est un métier qu'on occupe jusqu'à la fin de nos jours.

– C'est la première fois que tu utilises le mot « métier » et pas « travail ».

Silence.

– Un parent n'arrête jamais de se faire du souci. Parce qu'on est là, à côté de son enfant, mais on ne peut pas l'accompagner. On ne peut pas le protéger. On est juste là.

– Donc tu continues de te faire du souci pour moi…

– Oui, mais je sais que tu vas trouver ta voie.

Soupirs.

– Tu sais, Maman, moi aussi je me fais du souci. Et je vois bien que tu tournes en rond.

– Je n'ai jamais aimé rester enfermée. À ne rien faire. Et pourtant, je ne sais pas quand j'aurai la force de retourner travailler. Mes petits vieux me manquent, mais je ne suis pas sûre qu'une vieille éclopée leur soit d'une grande utilité.

Silence.

– Et puis, j'aime encore moins ne pas pouvoir prendre soin de toi, Lili. Que ce soit toi qui…

– Je sais, Maman. Et si nous prenions quelques jours à la mer ?

CHAPITRE 10

Lili

C'est bien la première fois que je suis au volant et elle sur le siège passager. Je ne l'ai jamais autorisée à monter à mes côtés : je ne voulais pas qu'elle puisse critiquer ma façon de conduire. C'est ridicule, je m'en rends compte à présent.

Nous restons longtemps, sans dire un mot, perdues dans nos pensées. Côte à côte, nous sommes comme connectées. Comme si l'on pensait la même chose au même moment. Comme si nous étions traversées des mêmes émotions au fil des kilomètres. Subrepticement, ce silence invite à dire à voix haute ce que nous avons au fond du cœur, à poser toutes les questions. Celles que l'on ne pose pas d'habitude. Encore moins une fille à sa mère.

– L'amour d'un homme ne t'a pas manqué ?

– Jamais.

Je regarde ma mère avec insistance.

– Vraiment. Il faut croire qu'il y en a qui sont faites pour ça, et d'autres non. Et puis, j'étais entre de bonnes mains…

Silence.

– J'avais ma fille.

À la radio, passe une chanson que je connais par cœur, pourtant je sens ma gorge qui se serre. « Puisque tu pars », de Jean-Jacques Goldman. Dans le calme de l'habitacle, j'écoute les paroles et mes yeux s'embuent. C'est ridicule, je le sais, mais j'y entends le départ de mon père. Ce père que je ne connais pas, dont j'ignore tout.

Bien sûr qu'il y a des milliers de questions que j'aurais aimé poser à ma mère. Des milliers peut-être pas, mais une. Une que je n'ai pas osé exprimer, parce que je ne voulais pas lui faire de peine. « Pourquoi il est parti, Papa ? »

En réalité, je suis certaine que, petite, je lui ai demandé et qu'elle m'a répondu sincèrement, mais je n'ai jamais été satisfaite de sa réponse, réponse à laquelle j'avais du mal à croire, réponse qui, si elle me tourmentait, moi, devait hanter ma mère.

Alors, un jour j'ai cessé de la questionner, parce que la réponse serait éternellement insatisfaisante.

« Je ne sais pas. »

Comment peut-on se contenter de *ça* ? Pour elle, pour moi ? Pourquoi ne lui a-t-elle pas couru après ? Pourquoi ne l'a-t-elle pas rappelé, harcelé pour qu'il lui dise pourquoi, pour qu'elle ait au moins une raison à laquelle se raccrocher ? Une raison en dehors d'elle, en dehors de moi, pour pouvoir continuer à avancer, continuer à vivre sans porter le poids de la culpabilité. Culpabilité qui n'aurait jamais dû être de notre côté.

Je n'ai jamais eu besoin de lui, je n'ai jamais été en quête d'une identité, mais ces non-dits restent là, et je tourne autour, alors qu'une réponse suffirait pour en finir.

– Pourquoi est-il parti, Papa ? m'entends-je demander. Pourquoi nous a-t-il abandonnées ?

Ma mère continue de regarder droit devant elle et murmure.

– Non, toi, il ne t'a pas abandonnée. Moi, oui…

– Je ne comprends pas.

– Ton père m'avait déjà quittée et je ne voulais pas qu'il revienne pour une mauvaise raison.

– Une mauvaise…

– Laisse-moi finir, Lili. Tu sais très bien que je ne parle pas de toi. Je ne voulais pas qu'il se sente obligé.

Il avait déjà décidé qu'il serait plus heureux sans moi, alors je ne lui ai pas dit que j'étais enceinte.

Silence.

– Mais, Maman… J'ai cru toute ma vie que j'avais été abandonnée. Que, si j'étais juste moi, ce ne serait jamais assez pour être aimée. J'ai grandi avec la peur de tout perdre si on ne s'accroche pas. Grandi avec la peur que tout donner ne soit parfois pas suffisant. Avec l'idée que, du jour au lendemain, on peut être abandonnée. Sans raison. Et perdre tout. Pourquoi tu ne m'as pas dit la vérité ? Je l'aurais compris. C'était ton choix.

– Un choix d'amour, Lili. Tu sais, j'ai longtemps hésité. Et quand je l'ai vu, si fermé, si dur, inflexible et intransigeant, je suis partie. Je n'ai pas essayé de le retenir. Je voulais tellement un enfant. Et tu étais là. Déjà, magnifique et vivante. Je n'ai jamais regretté. C'est la plus belle décision de ma vie. La plus courageuse, peut-être aussi.

Silence.

– J'ai toujours pensé qu'il était parti parce que je ne suffisais pas…

– Au contraire, Lili, si je l'ai laissé partir, c'est parce que *tu* me suffisais.

Silence.

L'envol

– Mais pourquoi me le dis-tu seulement aujourd'hui ?

– Parce que maintenant je sais que je ne suis pas éternelle.

CHAPITRE 11

Gabrielle

On arrive en Bretagne sous la pluie. La maison en pierre a un petit bout de jardin, une grande verrière et un panorama sur la mer déchaînée. Lili sort les bagages du coffre et me laisse la chambre avec vue.

Au matin, elle me dispute déjà.

– Pourquoi as-tu enlevé le miroir de la salle de bains ? demande-t-elle en se lavant les dents.

– Si je peux éviter de voir ma tronche au réveil, je préfère. C'est tout de travers, ça dégringole : on dirait du Picasso !

– Tu vas me faire le plaisir de le remettre, Maman ! Je ne vais quand même pas être obligée de me maquiller à la truelle ?

– Oui, « Maman »…

– Et viens avec moi, il faut que je te montre quelque chose.

Elle m'emmène dans la verrière et avance un tabouret. Elle me demande de poser pour elle. Je ne l'ai jamais fait auparavant. Jamais volontairement. Je reste raide.

– Tu as le droit de respirer et de bouger un peu quand même !

Lili

J'ai toujours dessiné ma mère. Toujours. Je l'épiais, dans une pose, une attitude, je la photographiais mentalement et je filais dans ma chambre pour la dessiner. Deux trois minutes suffisaient. Ne pas se perdre dans les détails, s'entraîner à ne voir que l'essentiel. J'avais des piles de portraits d'elle, que je cachais sous le dernier tiroir de mon bureau.

Mon trait n'a pas changé, je la dessine aujourd'hui comme je la dessinais à 6 ans. Je reconnaîtrais mes dessins d'enfant parmi d'autres sans aucune hésitation.

Avec le temps, bien sûr, j'ai appris la lumière, le cadrage. Ma technique s'est améliorée, mais le choix des quelques lignes, traits, courbes qui me suffisaient à la représenter est resté le même. Ses yeux notamment, sa bouche, son nez, ses mains, et sa nuque aussi.

Je faisais ces dessins le plus vite possible pour ne pas en perdre le souvenir. J'ai gardé cette urgence. Je ne sais pas ce que c'est que de rester des heures devant une feuille blanche sans savoir quoi dessiner, ni par où commencer. Devant la toile, je ne réfléchis pas. Comme dans une transe. C'est la main qui décide.

Petite, je me souviens, j'essayais de reproduire avec une exactitude absolue ce qui était devant moi. Et une nuit, dans un rêve, la peintre Georgia O'Keeffe est passée derrière mon chevalet et m'a dit : « Quand vous peignez, vous ne devez pas peindre ce que vous voyez, mais l'essence qui vous touche. Éliminez les détails extérieurs, concentrez-vous sur ce que vous voulez que les autres voient. Vous avez ce pouvoir. Le pouvoir de faire en sorte que ce que vous représentez soit perçu comme vous en décidez. »

Alors, aujourd'hui, je veux montrer au monde ma mère telle que je la vois.

Gabrielle

Ma fille me regarde. Elle a toujours eu un regard insistant. Elle fixait les gens. Les adultes étaient mal à l'aise. Depuis le tabouret, j'ai moi aussi un excellent poste d'observation. J'en profite, même si je ne distingue pas aussi bien qu'avant.

– Tu te rappelles la première belle boîte de crayons de couleur que je t'ai offerte ? C'était dans une droguerie ou une quincaillerie, je ne sais plus.

– Je me souviens très bien, nous étions en vacances dans le Sud. Je devais avoir 5 ou 6 ans, je savais lire, et j'ai refusé d'entrer dans la boutique, parce que sur la devanture était écrit « Droguerie ». Moi, je n'aimais pas les gens qui se droguaient, parce que c'était interdit par la loi et que c'était mal. Je ne comprenais pas bien ce que t'allais y faire d'ailleurs. En acheter ?

– Tu as toujours eu une imagination débordante.

– Quand tu es sortie, tu m'as tendu les crayons et c'était le plus beau jour de ma vie. Je me souviens encore de l'excitation de les voir tous, joliment alignés dans leur boîte en fer et d'imaginer ce que j'allais pouvoir en faire.

– Après, tu t'es mise à dessiner tout le temps. On avait déjeuné dans un restaurant, une fois, une pizzeria, je crois, et tu avais fait un dessin sur la nappe en papier. Les serveurs t'avaient complimentée, parce qu'ils trouvaient ça joli, et toi tu leur avais signé en disant : « Parce qu'un jour ça vaudra cher ! » Et ils l'ont gardé.

L'envol

– J'ai toujours été mégalo. Comment est-ce possible d'avoir à ce point autant confiance en soi ?

– C'est que tu n'as peut-être pas manqué d'amour…

CHAPITRE 12

Lili

Ma première leçon de vie, je m'en souviens très bien, j'étais en maternelle. Nous faisions de la peinture et j'avais décidé d'associer mes deux couleurs préférées, le jaune et le violet. Je m'étais appliquée et j'avais le secret espoir de créer la plus belle couleur au monde. Mais le mélange donna du marron. Le plus moche marron qui soit.

Ce jour-là, j'ai appris que deux choses qu'on pourrait adorer séparément ne se mariaient pas forcément. Comme mes parents.

Gabrielle

La verrière, elle y passe ses après-midi, souvent je reste à ses côtés sur le tabouret. Elle a toujours des tas de choses à me raconter.

– Maman, est-ce que tu connais l'histoire de Claude Monet et de sa cataracte ?

– Mais, moi, Lili, ce n'est pas une cataracte que j'ai !

– Laisse-moi finir ! Avec sa maladie, les bleus ont commencé à disparaître. Monet se mit à peindre plus rouge et jaune, à les accentuer. Puis, il a été opéré, l'opération a raté, et il a été le seul être humain qui voyait les ultraviolets. Après l'opération, Claude Monet dira : « Je vois bleu. Je ne vois plus le rouge, je ne vois plus le jaune. Ça m'embête terriblement. Je ne les vois plus comme je les voyais dans le temps, et pourtant je me rappelle très bien les couleurs que ça donnait. » Et il a continué à peindre comme il voyait le monde. Mais il était gêné car il sentait qu'il n'avait plus la justesse des couleurs d'antan. Et un journaliste de lui demander : « Comment savez-vous que vous peignez en bleu ? » Par les tubes de peinture que je choisis, a répondu le peintre.

– Je ne savais pas.

– Idem pour Van Gogh, tu sais, celui qui s'est coupé l'oreille. Pour soigner son épilepsie, il était traité avec de la digitale, qui avait comme effet secondaire de rendre sa vision plus jaune. Regarde.

Elle me montre les tableaux des deux peintres. *Les Nymphéas bleus*, puis *Les Tournesols*.

– Oui, oui…
– Tu préfères lequel ?
– Oh, tu sais, l'art et moi…

Lili

Oui, je sais, Maman. Rappelle-toi, nous avons eu un jour une discussion, je devais être au lycée, j'hésitais entre plusieurs voies pour mon avenir. Une conversation qui a dû te sembler anodine. Que tu as sûrement oubliée d'ailleurs.

– Maman, tu penses quoi de l'art ? De la peinture ?
– En bâtiment ?
– Non, de tableaux, pour des galeries ou des musées.
– Rien du tout, pourquoi ?
– Et qu'est-ce que tu penses des peintres ?
– Que ce n'est pas un métier. Sauf si on veut être crève-la-faim… Pourquoi tu me demandes ça ?
– Pour rien.

J'avais la réponse à la question que je n'avais jamais osé poser. Peintre n'était donc pas une option.

Quand on a la chance d'avoir un cerveau bien fait, que ça marche à l'école, et qu'on a vu sa mère trimer toute sa vie pour ramener un petit salaire, on ne choisit pas « crève-la-faim » comme avenir.

Pas si on veut être digne de ses parents.

CHAPITRE 13

Gabrielle

J'aimerais que le temps s'arrête. Ici et maintenant. Dans cette maison, avec ma fille, pour toujours. Mais il nous faut repartir. C'est ainsi. Depuis le temps, je le sais, je l'ai appris. Je me suis fait une raison. Même si ça fait toujours mal, ce déchirement, cette séparation. Elle a sa vie à reprendre. Elle m'a déjà donné assez, consacré un temps qu'elle a volé à sa fille, à son mari, à son travail.

Cela fait des jours que nous sommes là, toutes les deux, et depuis qu'elle a quitté la maison, on n'a jamais habité aussi longtemps ensemble.

C'est rare, quand sa fille a la trentaine passée, un mari, une famille, de l'avoir pour soi toute seule. Quelle excuse donner pour voler nos enfants à leur quotidien ? Alors, on ne les voit plus. Cette maladie nous a rapprochées au fond. Et je suis parfois triste de me voir guérir, parce que je vais moins la voir maintenant.

Je suis sûre qu'on est capable de se déclencher quelque chose après un chagrin. Comme un appel à l'aide. Le corps sait. Il est capable de tout pour nous sauver. Du pire comme du meilleur.

Lili

Nous reprenons la route dans l'autre sens, une impression de gueule de bois. Un lendemain de fête. Un triste 1er janvier. Pourtant, elle va mieux. Sa vue revient et son visage ne semble plus si crispé.

Côte à côte, le regard dans la même direction, nous écoutons la radio. L'esprit s'évade, et soudain elle lâche :

– Pardonne-moi, Lili.

Je ne comprends pas. La regarde.

– De quoi ?

– De ne pas avoir été la mère dont tu aurais eu besoin. Tu en aurais sûrement préféré une autre. Plus cultivée.

– Qu'est-ce que tu racontes ?!

– Très tôt, je t'ai été inutile. Pour apprendre, tu as dû te débrouiller toute seule.

– Mais, Maman, tu plaisantes ? Des heures de Petits Chevaux, de Mille Bornes... C'est comme cela que j'ai appris à compter ! C'est avec toi, pas avec l'école. Et les livres de la bibliothèque ! C'est parce que tu m'y emmenais toutes les semaines que j'ai appris à lire. Pas avec l'école. C'est toi, Maman, qui m'a tout enseigné.

– C'est gentil, mais ce n'est pas vrai.

Gabrielle

Qu'est-ce que tout ça m'a appris ? J'ai appris que je comptais pour ma fille. Au moins, un peu. Jusqu'à présent, j'en doutais encore.

Lili

Ma mère s'éclaircit la voix. Son regard toujours posé à l'horizon.

– Tu te souviens, Lili, quand tu étais petite, tu m'avais demandé si j'avais réussi dans la vie ? Je n'avais pas trop su quoi te répondre... Aujourd'hui, je sais.

Silence.

– J'ai réussi ma fille.

Je fixe la route devant moi. Et ne dis rien.

L'envol

Maman, c'est facile de t'aimer. C'est toujours toi qui as raison, toujours toi qui sais mieux, toujours toi la plus généreuse. Tu montres la voie. C'est facile de s'extraire de la honte, du silence. Facile de revenir. Quand c'est pour toi. C'est vertigineux tout ce que tu as fait pour moi. Ne t'inquiète pas, tu as fait tout ce qu'il fallait, Maman. C'est moi qui te demande pardon pour tout ce que j'ai pu dire, ou pu te faire ressentir. Avec toi, Maman, je suis bien tombée.

On ne réussit pas seul. Jamais.

On réussit avec, on réussit contre. Tout contre parfois. On réussit parce que des proches nous ont tendu la main, montré un chemin qu'ils auraient voulu prendre et parfois n'ont pas pris. On réussit parce que, eux, ont échoué avant nous pour nous permettre de réussir.

Mais on réussit surtout quand on comprend que la réussite n'était pas ce que l'on croyait. Qu'il ne fallait pas la chercher loin, mais au plus près de ceux qui nous sont chers.

Maman, je suis désolée, mais j'ai une dette.

– Tu vas prendre ta retraite.

– Mais s'ils ne me la donnent pas ?

– Tu vas la prendre quand même… Il faut bien que cela serve, une fille qui réussit et qui n'a plus peur d'ouvrir la boîte aux lettres.

CHAPITRE 14

Lili

Quand nous arrivons en bas de chez elle, des choses remontent.

J'ai vécu dans cet immeuble et jamais je n'aurais pensé, un jour, que cela puisse être les meilleures années de ma vie. J'étais libre, et pourtant je rêvais d'ailleurs, d'autre chose. Dans mes rêves les plus fous je rêvais même d'hériter. Nous, nous n'avions rien à nous, pas même un appartement. Une location, c'était très bien, mais ce n'était pas pareil. Mais ce que j'ignorais, c'est que je portais déjà un héritage. J'avais hérité et je ne le savais pas. J'étais riche de l'amour de ma mère. Milliardaire pour la vie.

Aujourd'hui, je me suis éloignée de cette vie, de ce quartier, de ces gens, et pourtant je suis toujours là. Toujours elle. La petite Lili de 10 ans. Avec son irrévérence et son envie de liberté.

J'ai grandi, mais avec moi et mon histoire d'autres fantômes ont grandi. Et la petite Lili traîne ses complexes d'infériorité, son syndrome de l'imposteur, sa peur permanente d'être démasquée. Le même cauchemar revient sans cesse. Quelqu'un sonne à la porte pour tout me reprendre. Cette peur viscérale que tout s'arrête, que tout cela était pour de faux me hante. « C'était une erreur, tu en as bien profité, mais ce n'était pas pour toi. C'est fini. C'était trop beau pour être vrai. » Et je me réveille, le cœur battant, en sueur, et je suis sûre qu'on a sonné à la porte. C'est d'ailleurs le bruit de la sonnette qui m'a réveillée. Je vais voir : rien, personne. Ils sont sûrement repartis. Mais ils reviendront, comme presque toutes les nuits. Pour reprendre leur dû, et ma tranquillité d'esprit.

Gabrielle

Quand elle me dépose, je vois ses yeux qui se voilent. Ma gorge se serre aussi. Je suis la première à détacher ma ceinture et à rompre le silence.

– C'était bien ce petit moment toutes les deux. J'aurais aimé qu'il dure encore. Cette maison, c'était un peu notre paradis.

– Je reviens le week-end prochain. Cela te va ?

– Tu n'es pas obligée. Je peux me débrouiller toute seule maintenant.

– Je sais, mais j'en ai envie.

Lili me sourit. Puis, elle se tourne vers moi et ajoute :

– Tiens, voilà les clés.

– Les clés de quoi ?

– De la maison en Bretagne.

Silence.

– Je ne comprends pas…

– Je voulais t'en faire la surprise, et puis… il y a eu l'accident. Je souhaitais te l'offrir pour ta retraite. Pour les vacances ou pour toute la vie. C'est toi qui choisis. Maintenant que je sais qu'elle te plaît… Je t'aiderai le week-end prochain si tu veux qu'on commence à faire des cartons.

CHAPITRE 15

Lili

Quand je rentre en Angleterre, je suis dans un tourbillon d'émotions contraires.

J'ai déjoué les statistiques de la reproduction sociale, sans savoir que c'était un jeu avec des règles qu'il fallait suivre, qu'il ne fallait pas transgresser. Et désormais je suis ce qu'on appelle une « transfuge », mais ce n'est pas un mot qui me plaît, car je n'ai pas le sentiment d'avoir trahi. En tout cas pas les autres. Je me suis trahie moi. Mes rêves, mes envies. J'ai oublié la Lili d'avant.

Je suis quelqu'un qui a réussi. Mais réussi quoi ? À sortir de son milieu d'origine ? Comme si on se devait de le quitter. Comme s'il y en avait un mieux que l'autre.

L'envol

Gabrielle

Tout n'est pas une question de réussite ou d'échec. Ailleurs, ce n'est pas toujours mieux. On n'y trouve pas forcément les réponses que l'on cherchait, on ne se trouve pas forcément soi-même. On peut se perdre en chemin.

Il est parfois nécessaire de partir pour mieux revenir.

Lili

Je suis censée avoir réussi, et pourtant...

Dans ma vie, j'ai fait un baby-blues, deux burn-out, des années difficiles de remise en question en prépa et en école, et chaque fois cela a été parce que le « Quand on veut, on peut » ne marchait plus. Parce que la bonne élève explosait en vol.

Dans mon métier, j'ai fait le tour du monde, parcouru des kilomètres en avion, j'ai visité des dizaines de pays, mais je n'ai pas trouvé ma place. Ce que j'aime, moi, ce sont les habitudes, la routine. Je n'ai jamais aimé voyager. Je déteste voyager.

La vie est un entonnoir, on fait constamment des choix qui nous enferment, et l'on a la certitude que l'on ne peut plus revenir en arrière. Mais l'on peut toujours.

L'envol

Repartir d'une page blanche, se réinventer, reprendre à zéro. La vie qu'on a envie de s'écrire.

Aujourd'hui, je ne veux plus me poser de questions. Je veux retourner en enfance, près de ma mère et avec ma peinture et mes crayons. C'est là ma place.

CHAPITRE 16

Gabrielle

Ma décision est prise : je vais m'installer au bord de la mer. Plus rien ne me retient ici. Je veux voir le soleil se lever, les vagues onduler, et attendre les vacances scolaires. Pour recevoir ma fille et sa famille.

Lili est venue m'aider pour mon déménagement. Les cartons s'entassent dans un coin du séjour. Dans ces boîtes, toute une vie. Et au centre, une sur laquelle est inscrit : « Pour Lili ».

Cela fait des années que je garde tout, que je trie parfois aussi. Dans une grande pochette, j'ai rassemblé tous ses dessins. Ceux qu'elle glissait sous ma porte et que je devais parfois enjamber tellement il y en avait. Elle les notait, comme une maîtresse à l'école. Avec des petites étoiles. Petite, elle avait une sacrée assurance : quasiment tous ses dessins avaient 5 étoiles sur 5. Puis, en grandissant, elle s'est mise à ne leur attribuer qu'une étoile. Elle ne se sentait plus à la hauteur de ce que devait être la vraie peinture. Alors, elle a tout arrêté.

Lili

Quand ma mère me tend mes dessins, cela me fait un choc. Elle les a gardés tout ce temps ! Je savais qu'elle en avait encadré quelques-uns, mais je pensais que tous les autres étaient passés à la poubelle. Je n'aurais jamais pensé qu'elle puisse faire cela, elle pour qui l'art n'avait jamais eu d'importance, elle qui m'a d'ailleurs mis la seule gifle de ma vie à cause d'un tableau.

Ce que je découvre surtout, c'est que tout en haut de la feuille, je me jugeais. Et sévèrement. Mais ce qui me touche le plus, là sous mes yeux, c'est qu'à côté de mon étoile maigrichonne, au crayon de papier, avaient été ajouté par la main de ma mère, quatre jolies étoiles et un cœur.

CHAPITRE 17

Lili

J'ai toujours été fascinée par l'art, mais je me suis interdit de le mettre au centre de ma vie. Ce n'était pas pour nous. C'était encore moins un métier. Pourtant, j'en ai toujours eu besoin. Pour me faire voyager, rêver. Pour me sauver de grandes tristesses parfois aussi.

Après, je me rends compte aujourd'hui qu'il y a des gens, comme ma mère, qui réellement, pour être pleinement heureux, n'en ont pas besoin. Jusqu'à présent, j'en avais douté, j'aurais même juré le contraire. Que tous nous en avions besoin. Que même les hommes préhistoriques peignaient aux murs. Dans les milieux artistiques, on se gargarise de l'importance de la culture. Ils disent « tout le monde veut avoir accès à l'art », mais il y a des gens que cela ne touche pas. Des personnes qui n'en ont pas besoin pour vivre. Pour ressentir d'immenses joies. Certains diraient « Parce qu'ils ne l'ont pas encore rencontré ? Tout simplement ? ». Peut-être… mais je n'y crois plus. Maintenant, je peux concevoir que ce qui est vital pour certains ne le soit pas pour d'autres.

Ce n'est pas d'art dont ma mère a besoin pour être heureuse.

Gabrielle

Je regarde ma fille. Elle est belle, avec ses longs cheveux ondulés. Naturels.

Lili

– Maman, j'ai pris une décision. Je vais revenir en France, démissionner et m'installer près de toi. J'ai assez de côté pour réfléchir à ce que je veux faire.

– Et ton mari, il est d'accord ?

– Cela a toujours été notre projet de vie, avant même d'être mariés, que de nous installer en France. Parce que, pour lui comme pour moi, il n'y a rien de plus important que la famille. On l'avait juste un peu oublié.

CHAPITRE 18

Lili

Dans le carton « Pour Lili », je découvre une deuxième pochette colorée. Dedans : mes relevés de notes depuis le primaire, le dossier qui m'a ouvert l'admission en école préparatoire, le diplôme du baccalauréat, et celui de ma grande école aussi. Sur ce dernier, une feuille est attachée avec un trombone. Je reconnaîtrais cette feuille entre mille.

Mon discours.

Celui que je n'avais pas fait à la remise de diplôme.

Ma mère savait donc. Elle savait que j'avais été lâche.

Gabrielle

Parfois, on essaie de réparer les injustices, mais on ne peut pas réparer les choses. On ne peut pas changer le passé, mais on peut changer le présent. Tout est dans la manière de regarder ce qui s'est passé et de l'accepter. De pardonner aussi. De prendre la vie telle qu'elle est, pas telle qu'on l'a rêvée.

Lili se déçoit. Elle pense qu'elle m'a déçue. Elle a tenté de réparer à sa manière, mais on ne peut pas toujours. Au moins elle a essayé.

Lili ne s'en rend pas compte, mais elle me rend au centuple ce que j'ai à peine pu lui donner.

CHAPITRE 19

Gabrielle

Dans la maison bretonne, nous avons enfin fini de défaire les cartons. Ça nous aura pris des mois ! L'ambiance est vivante avec ma fille et ma petite-fille sous le même toit. Sous le mien. Propriétaires ! Qui l'aurait cru un jour ?

– Ah au fait, Lili, quand tu videras la maison, lorsque je ne serai plus là…

– Maman !

– J'ai laissé deux derniers cartons. À vos noms. Tu ne les jettes pas ! Par contre, dans ce troisième, il y a mes journaux intimes. Je n'ai pas le courage de les brûler, mais tu balanceras tout. D'accord ?

– Tu tenais un journal ?

– Je te rassure tout de suite, ce n'est pas de la grande littérature.

– Depuis quand ?

– À qui crois-tu que je parlais quand t'étais pas là ? Pour raconter tous mes chagrins ? Mes chagrins d'amour ?

– Des chagrins d'amour ? Mais combien d'autres choses encore m'as-tu cachées ? me dit ma fille avec un regard plein de sous-entendus. Allez, je file. J'espère que mon vernissage va bien se passer. Je stresse un peu. Bonne soirée ! Et ne faites pas trop de bêtises surtout.

– Vas-y. Tu vas être en retard, l'artiste ! Ne t'inquiète de rien. Ta fille est entre de bonnes mains.

– Merci, Maman. Merci pour tout.

CHAPITRE 20

Gabrielle

– Elle est partie, Mamie ! On en profite, Liberté, liberté chérie. Viens, on trinque !

– Alors, deux grenadines !

– Raconte-moi, Mamie, raconte-moi encore ! Elle était comment Maman quand elle était petite ? Elle faisait des bêtises ?

– D'accord, ma chérie. Ta maman...

Quand on papotait toutes les deux, Valentine était intarissable. Des dizaines de questions à la minute. Et son rire !

– Et cette soupe, elle est comment, Valentine ?

– Meilleure que celle de Maman. C'est parce que, toi, tu mets plein de croûtons !

Je regarde Valentine sucer sa cuillère goulûment.

– Comment ça s'appelle l'amour pour son enfant ?

– Ça, c'est une très bonne question. Je crois qu'il n'y a pas de nom. Peut-être qu'on pourrait lui en donner un. Tu as une idée ?

– Moi j'appellerai ça l'amour grenadine !

– Très joli, ma chérie.

– Dis, Mamie, tes cahiers intimes, je pourrai les lire ?

– Quand tu seras grande, oui, si tu veux.

– Toi, Mamie, t'es malade du cœur, parce que tu as eu trop de chagrins d'amour ?

– Peut-être, oui.

– Et tes chagrins, c'était à cause de l'amour grenadine ?

Silence.

– Oui, ma chérie. Le cordon, on croit qu'on le coupe, mais on ne le coupe jamais vraiment. Dis donc, t'as oublié d'être bête, toi. Comme ta mère.

– Les chiens ne font pas des chats. Si Maman est intelligente, c'est que toi aussi. Ça vient bien de quelque part. Et puis, de toute façon, c'est toujours les filles les plus intelligentes. D'ailleurs, tu sais ce qu'il m'a demandé le maître l'autre jour : « C'est quoi une Maman ? » Au début, j'ai cru qu'il plaisantait. Il en voit tous les jours, des mamans ! Et puis, il aurait dû le savoir : les maîtres savent tout. Eh bien, tu sais ce que je lui ai répondu…

ÉPILOGUE

QUINZE ANS APRÈS

Lili

Je suis partie pour mieux revenir. Et quand je suis revenue, c'était devenu évident que c'était là que je devais être. Là qu'était ma place.

Gabrielle

Mon but était que ma fille atteigne un certain niveau afin qu'elle puisse gagner sa vie correctement. Et qu'elle soit heureuse. Mon rôle s'arrêtait là. Fini, objectif atteint. Sauf que Lili, elle va au-delà. Toujours.

Et là, je suis un peu dépassée. Ses peintures, on les voit partout. Les gens me demandent : « C'est votre fille ? » Mais ce qui m'impressionne le plus, c'est de voir son nom à la télévision, dans les journaux. Partout. Parce que ce n'est pas que son nom, c'est le mien aussi.

Quelle tristesse quand même de ne plus aller au boulot ! J'y serais allée la tête haute, maintenant que ma fille est une vedette !

Lili

On m'a dit un jour : « Qu'as-tu envie de peindre ? Qu'as-tu envie de raconter ? Cela ne doit pas seulement être beau, cela doit avoir du sens. »

Alors, l'évidence. Témoigner, crier en silence, donner la parole à ceux que l'on n'entend pas, montrer ceux que l'on ne regarde pas. Les corps abîmés, affaiblis, mais magnifiés parce qu'ils ont une vie derrière eux. Une âme. Quelque chose de vrai, d'unique. Ces corps-là disent tout d'une vie de labeur. Ne jamais chercher à embellir, à montrer sous le meilleur jour, mais chercher la vérité par-delà les imperfections.

Je pose un regard d'amour, de connaissance, d'empathie sur ce corps que je connais par cœur. Ce par quoi chaque mois le corps de la femme passe, les douleurs qui laissent des traces sur le visage, sur la peau. J'ai besoin de peindre l'intime. Ce que je connais, ce qui est proche, ce que je peux m'approprier.

Un artiste est quelqu'un qui avance dans la lumière pour dire qui il est.

Gabrielle

Ce sont surtout des autoportraits. Et elle est si jolie, ça aide. Mais pourtant elle s'enlaidit chaque fois, épaissit son nez, grossit ses rondeurs, se vieillit aussi, et cela la rend encore plus belle. Plus femme.

En regardant ses tableaux, je reconnais dans ses traits, parfois, quelques-uns des miens. Et elle me rend plus belle aussi, elle m'autorise à m'aimer, au naturel, sans fard. C'est aussi pour ça que tout le monde aime son travail. On aime se trouver beau, se redécouvrir digne d'être aimé.

Lili

Tout le monde pense que ce sont des autoportraits, mais ce n'est pas moi que je dessine, je ne fais que dessiner ma mère. Ma mère, telle que je la vois, telle que je l'ai toujours vue, et telle qu'elle sera toujours pour moi. Magnifique.

Gabrielle

J'adore le travail de ma fille. Même si je n'y connais rien, il n'y a pas besoin de s'y connaître pour voir que les traits sont justes ; on voit le grain de la peau, la lumière, la densité, la profondeur des couleurs. On plonge littéralement dans ses tableaux. Ils nous prennent, nous enveloppent. Ils nous consolent. Comme des bras doux. Familiers. On a tous besoin de se consoler dans les bras de son enfant.

Lili

Désormais, je peins pour être à ma place, cette place, si difficile à trouver depuis toujours. Et je ne me pose plus aucune question : je peins, donc je suis. Je peins pour apprendre à m'aimer. Je peins pour apprendre à dire « je t'aime » aussi.

Gabrielle

Je regarde ma fille. Aujourd'hui, elle sort l'huile. J'aime l'odeur de la térébenthine. Cette odeur de pin est une drogue douce. Je vais finir par perdre l'odorat. Avec son pinceau, elle caresse la toile. Elle dégage une grande confiance en elle. Lili ne fait plus les choses en force. Elle les fait à l'instinct, en douceur. Je ne serais pas étonnée qu'elle embrasse ses toiles avant de s'en séparer.

– Valentine ne me dit plus rien.

– Moi, elle m'écrit.

– De toute façon, je sais bien que le jour où elle fugue, elle viendra chez toi.

– Je ne peux rien te dire. Encore moins que son vélo et son sac à dos sont déjà prêts…

– Elle me l'a dit.

Lili repose ses pinceaux. Elle semble avoir terminé.

– Comment sait-on qu'une œuvre est finie ?

– Quand la moindre chose qu'on ajouterait la gâcherait. C'est la peinture qui décide. Rarement le peintre.

Silence.

– Et comment sait-on qu'un enfant est prêt à prendre son envol ?

– On ne le sait pas, eux le savent.

À ma mère, évidemment

POUR VOUS EN DIRE PLUS

Ce livre n'existerait pas sans un coup de fil du journaliste Adrien Naselli en juillet 2020.

En lisant *Né sous une bonne étoile*, il a été le premier à m'interroger sur mon parcours d'exilée de classe. Le premier à me montrer que cette trajectoire-là avait une valeur et qu'il y avait un intérêt à la raconter. Le premier qui m'a fait me sentir moins seule. Car des « comme moi », j'ai découvert qu'il y en avait plein.

Adrien Naselli préparait un livre dans lequel il rassemblait le témoignage de transclasses et de leurs parents. (*Et tes parents, ils font quoi ?*, Lattès, 2021). Dans son recueil, nous étions plus de 30 parents/enfants à avoir vécu exactement la même histoire : les mêmes tiraillements, les mêmes incompréhensions, la même honte, la même solitude, la même recherche de notre « juste place ». Avec pour seul désir : ne pas trahir.

Cette interview a remué beaucoup de choses et quand le livre d'Adrien Naselli est sorti je me suis rendu compte, en lisant les parties de ma mère, que nous n'avions pas vécu de la même façon certains événements.

L'écrivaine Annie Ernaux, qui avait suivi l'élaboration du livre, y avait même fait quelques commentaires. Elle avait trouvé la relation « Corinne – Aurélie, très mignonne. » Et cela l'avait conduite à dire : « Je me demande bien ce qu'aurait répondu ma mère… » J'ai voulu lui écrire pour la remercier, mais tout ce qui sortait était banal. Je n'y arrivais pas car, dans le fond, je savais ce que j'avais à faire : écrire *mon* histoire.

J'ai essayé pendant des mois, mais je ne trouvais pas la bonne forme. Celle qui serait juste, celle qui donnerait la parole à nos deux versions de la même histoire. Sans jugement.

Ma mère m'a autorisée à écouter l'interview qu'Adrien Naselli avait enregistrée avec elle. J'ai pu entendre ses mots, son rire, ses lapsus, ses doutes, sa fierté aussi. Toutes ces choses qu'on ne s'est pas dites.

Une heure d'enregistrement a été trop courte. J'ai eu envie de tirer ce fil. Le fil de notre histoire. De notre éloignement, de notre séparation et de notre rapprochement. De ce que l'école, les violences de l'ascension sociale ou de mon expatriation soudaine avaient pu faire à notre relation.

Alors, pendant un an, ce roman a été l'excuse pour mettre ma mère à contribution, l'occasion de questionnements, de souvenirs que je lui soutirais autour d'une tasse de thé, de recueillir des phrases toutes prêtes qu'elle ne peut s'empêcher de distiller : « Quelle tristesse ! Si c'est pas malheureux ! » Et ses petits détails dont elle se souvenait encore, elle qui dit pourtant qu'elle ne se rappelle jamais rien : la blouse violette, la bibliothécaire qui mettait des livres de côté pour moi, mon premier jour d'école et déjà le « Au revoir, Maman ! »

Tout cela a fait son chemin et le double « je » a fini par s'imposer, car c'était l'unique forme, la juste forme pour raconter, de l'intérieur, deux solitudes, deux incompréhensions, deux femmes.

Ce roman est une fiction car j'ai eu envie de ne pas seulement raconter mon histoire, mais la nôtre, collective. Celle de toutes celles et ceux qui, comme moi, ont gravi l'échelle sociale et ont eu l'impression d'être en décalage, tiraillé et de ne plus être à leur place.

Comme Lili, j'ai longtemps cherché ma place. Aujourd'hui, je l'ai trouvée. Elle est dans l'écriture.

C'est grâce à vous, chers lecteurs, que je me sens désormais à ma juste place. Merci de continuer à me lire. Merci d'aimer mes histoires. Merci de venir me rencontrer en dédicaces et de me souffler des mots qui me portent. Et me donnent envie d'être toujours plus sincère.

Je remercie également mes maisons d'édition. Les équipes Fayard, et particulièrement Jean-François Dauven qui m'a accompagnée. Et les équipes du Livre de Poche, fidèles et enthousiastes à chacun de mes livres.

Je remercie aussi des écrivains et écrivaines qui, par certains de leurs livres, m'ont aidée à me sentir moins seule. *Martin Eden*, de Jack London ; *Le premier homme*, d'Albert Camus ; *La promesse de l'aube*, de Romain Gary. Et ceux d'Annie Ernaux. Des protagonistes qui s'extraient de leur modeste milieu par le travail, la persévérance et l'art. Comme eux, je veux montrer à mes enfants que rien ne tombe du ciel. Que, s'il y a eu certes de la chance au départ, il faut la cultiver et la mériter. Pour qu'un jour peut-être je ne fasse plus ce rêve que l'on sonne à ma porte pour tout me reprendre.

Je dédie ce roman à ma famille. À mes fils, mon mari, mes beaux-parents. À mon père qui a toujours été là, à mon frère, à mes grands-parents. Et à ma mère, évidemment.

Et, je conclurai par cette phrase d'Annie Ernaux qui m'a portée et tétanisée à la fois. « Il faudra écrire un livre sur elle, qui soit beau ou rien. »

L'envol

Je ne sais pas si ce livre est beau – et ce n'est pas à moi d'en juger –, mais je sais qu'elle avait raison. « Quand on touche au vrai, c'est douloureux. Il ne faut pas avoir peur d'aller dans les coins. C'est là que ça fait mal, là que réside la vérité. »

J'ai écrit mon livre. Désormais je sais ce qu'il me reste à faire. Ecrire ma lettre. Et demander à la principale intéressée ce qu'elle en a pensé.

Cet ouvrage a été imprimé en France par
CPI Brodard & Taupin
Avenue Rhin et Danube
72200 La Flèche (France)

pour le compte des Éditions Fayard
en février 2023

Photocomposition Nord Compo à Villeneuve-d'Ascq

Dépôt légal : mars 2023
N° d'édition : 45-5151-8/02 - N° d'impression : 3052393